Tullio Forgiarini

Leben. Nehmen.

Mit Unterstützung des
Luxemburgischen Ministeriums für Kultur

LE GOUVERNEMENT
DU GRAND-DUCHÉ DE LUXEMBOURG
Ministère de la Culture

Die luxemburgische Originalausgabe wurde ausgezeichnet
mit dem Literaturpreis der Europäischen Union 2013.

Tullio Forgiarini,
1966 in Luxemburg geboren als Sohn eines Italieners und einer Luxemburgerin. Er hat Geschichte studiert und unterrichtet Geschichte, Latein und Geografie in einer Spezialklasse. Mit Schülern mit einem schwierigen sozialen Hintergrund kennt er sich aus. Forgiarini schreibt meist auf Französisch: schwarze Geschichten, Theaterstücke und Drehbücher.
Der Autor lebt in Luxemburg.

Tullio Forgiarini

Leben. Nehmen.

Aus dem Luxemburgischen
von Luc Spada

Arena

Arena

Ein Verlag in der westermann GRUPPE

Zu diesem Titel stehen Unterrichtserarbeitungen
zum kostenlosen Download zur Verfügung.

www.blauer-engel.de/uz195
· ressourcenschonend und umweltfreundlich hergestellt
· emissionsarm gedruckt
· überwiegend aus Altpapier
MI6
Dieses Druckprodukt ist mit dem Blauen Engel ausgezeichnet

MIX
Papier aus verantwortungsvollen Quellen
FSC® C110508
FSC www.fsc.org

Erstausgabe im Taschenbuch
1. Auflage 2020
Für die deutschsprachige Ausgabe:

Rottendorfer Straße 16, 97074 Würzburg

Aus dem Luxemburgischen von Luc Spada
Covergestaltung: Juliane Lindemann, unter Verwendung einer Vorlage von Editions Guy Binsfeld und einem Bild von Getty Images, München/Sorensen, Henrik

Gesamtherstellung: Westermann Druck Zwickau GmbH
Printed in Germany

ISSN 0518-4002
ISBN 978-3-401-60570-8

Besuche den Arena Verlag im Netz:
www.arena-verlag.de

EINS

In den Arsch gefickt zu werden. Beim Duschen. Was sonst? Das sagst du nicht. Du denkst es nur, weil ich es denke. Ich würde es sagen, aber du, du nicht. Es ist nicht so, dass du dich nicht traust, so was zu sagen. Immerhin hast du dem Kerger schon mal hinterhergeschrien, dass er ein *absoluter Wichser!* ist, und der Matos, dass sie ihre Mutter ficken soll. Nein, du könntest es der Steines problemlos sagen. Die Steines ist ja auch Erzieherin. Sie regt sich nie auf. Oder kaum. Schon über eine Stunde redet sie auf dich ein.

»Schau mich an, wenn ich mit dir rede!«, sagt sie.

Das machst du dann auch. Kurz. Kurz schaust du sie an. Ansonsten guckst du nur auf ihre Brüste, die sich geradezu auf dem Kantinentisch vor dir breitmachen. Dass sie megageile Titten hat, sagst du immer und immer wirst du rot dabei. Und dann kriegst du einen Ständer. Die Steines bemerkt nichts oder vielleicht ist es ihr auch einfach egal. Sie will dir sowieso bloß Dreiborn verklickern.

»Es ist dort gar nicht so schlimm«, sagt sie.

Jedenfalls nicht so schlimm, wie alle behaupten. Dort wärst du besser aufgehoben als zu Hause. Deutlich besser. Du hättest einen geregelten Alltag mit fester Struktur. Regeln brauchst du und Menschen, die dir zurück in die Spur helfen. Es wär ja nicht für ewig. Vielleicht ein paar Monate, wenn alles klappt. Du musst dich halt zusammenreißen. Dich nicht immer so anstellen. Warum du denn nicht willst. Ob du Angst hast. Und vor was. In den Arsch gefickt zu werden. Beim Duschen. Was sonst? Davor hast du Schiss. Genau davor.

Natürlich würdest du das niemals zugeben. Nicht vor der Steines. Und auch nicht vor den anderen. Aber das ändert nichts an deiner Panik. Du hast schon so einiges von deinen Freunden gehört. Viele von denen waren schon mal in Dreiborn, aber niemand wurde in den Arsch … Nicht beim Duschen und auch nicht in der Kantine. Jedenfalls behaupten sie das. Aber nur, weil sie die richtigen Freunde hatten, sagen sie immer. Allerdings gab's aufs Maul. Das ist normal. Die Neuen bekommen immer aufs Maul. Ist halt so … stört dich aber auch nicht besonders. Auch nicht die Zelle, in die du eingesperrt wirst, wenn du mal wieder ausflippst. Eine Matratze auf dem Boden. Wasser und Brot. Wie in den Serien … wie damals in Köln … Aber in den Arsch …

»Nein, ich hab keinen Schiss!«, antwortest du der Steines und guckst wieder auf den dreckigen Kantinentisch. Auf die Krümel. Du stellst dir vor, sie wären Menschen. Lebendige Menschen. Wenn du ein bisschen stärker ausatmest, bewegen sie sich. Je nachdem, in welche Richtung du den Kopf drehst, treibst du sie zusammen oder auseinander …

Jetzt ist die Steines wieder weg.

»Wir sehen uns danach«, hat sie gesagt. Bestimmt ist sie rauchen. Es ist zwar überall Rauchverbot, aber die Steines findet immer ’nen Platz. Wie die anderen Lehrer auch. Die Steines ist 28. Das weißt du, weil du sie selbst gefragt hast. Sie riecht immer nach Rauch und Kaugummi. Ihre blonden Haare nach Apfel. Das kannst du riechen, wenn sie neben dir sitzt, um dir bei den Hausaufgaben zu helfen. Meistens ist sie ganz nett zu dir, auch wenn du keine Peilung hast und ihr ständig in den Ausschnitt glotzt …

Außer dir ist fast niemand mehr in der Kantine. Alle anderen sitzen längst im Bus. Für die wurde ja auch kein Rausschmeißkommando einberufen. Überall Tische mit leeren Plastikverpackungen und Kakaoflecken. Und die Frauen machen den Dreck weg. Lauter Portugiesinnen.

Dir ist das nicht mal aufgefallen, deine Mutter musste es dir stecken. Sie hat auch mal hier gearbeitet. Aber nicht lang. Es gab Streit. Sandra bekommt immer Ärger auf der Arbeit. Gut, dass sie nicht mehr hier putzt, was? Du musst dich also nicht mehr verstellen und sie auch nicht. Immer so tun, als würdest du sie nicht kennen. So wollte sie es. Du auch.

Trotzdem hoffst du, dass sie kommt. Für die Anhörung vor dem Rausschmeißkommando ... Und du hoffst, dass sie allein aufkreuzt ... nicht mit Steve ... Sonst macht der wieder auf Ersatzpapi. Nur, weil er seit Wochen deine Mutter vögelt ... Total peinlich. Der ist gerade mal zehn Jahre älter als du ... Aber du weißt, wie es läuft. Ist ja nicht deine erste Anhörung. Es müsste ... Warte ... Weißt du eigentlich, wie oft du schon zu so was antanzen musstest? Zweimal in Petingen ... in Grevenmacher bist du kurz vor deinem zweiten Mal lieber gleich von der Schule gegangen ... Und jetzt die hier nach ... äh? ... nach nicht mal zwei Jahren.

Mach es wie immer. Du weißt doch, was sie wollen. Vor dem Rausschmeißkommando ist kein Platz für Ehrlichkeit. Hier gilt nur: Schwanz einziehen, ducken und eine Lüge nach der anderen raushauen. Auf die Tränendrüse drücken kommt auch gut. Besonders dann, wenn das Thema Dreiborn auf dem Tisch landet. Sie können eh nicht viel tun. Du bist erst 15. Sie müssen dich wieder aufnehmen.

Dein Handy vibriert. Es ist deine Mutter, sie kommt zu spät. Aber sie kommt, sagt sie. Das ist sicher. Sie schickt dir eine Nachricht mit *:-P*. Ein *:-P* zum Mitnehmen in deine Anhörung! Deine Mutter ist eine dumme Kuh! Sie kann ja nichts dafür, wirklich nicht. Du aber auch nicht. Du bist nur ein Unfall, das hat sie dir selbst gesagt. Mehr als einmal. Auch wenn andere Leute dabei waren. Dann hat sie jedes Mal gelacht. Du brauchst dich wirklich nicht zu schämen wegen deiner Alten. Und trotzdem tust du es …

Im Internet suchst du nach ein paar versauten Filmchen. Da hat dir Rui ein paar gute Links geschickt. Die kann man einfach so anschauen, ganz umsonst und mit viel perverser Werbung. Aber immer schön im privaten Modus, damit die Lehrer sie nicht in deinem Verlauf finden, wenn sie dir das Handy abnehmen …

Du steckst dir die Kopfhörer ins Ohr, gehst aufs Klo und wichst.

ZWEI

Du sitzt am liebsten hinten im Auto, dann musst du nicht ständig deine Mutter sehen. Und sie kommt nicht dauernd auf die Idee, dass sie mit dir reden muss. Dir ist es egal. Sowieso besser, wenn sie die Klappe hält. Ich glaub, ihr habt euch nichts mehr zu sagen, jedenfalls nichts Wichtiges. So können wir hinten im Auto ungestört Johnny Chicago spielen.

»John Guddebuer?«, fragst du.

»Chicago! Mein Name ist Johnny Chicago, du Arsch!«, antworte ich angepisst. Als würdest du nicht wissen, wen ich meine. Als hättest du Troublemaker nicht mindestens zehnmal gesehen. Ist nicht umsonst unser Lieblingsfilm. Zwei Loser, die nichts auf die Kette kriegen. Wie wir beide auch. Nee, genau wie du! Aber zum Glück hast du ja mich. Der Film läuft dauernd in deinem Kopf. Die Johnny-Chicago-Stelle können wir sogar mitsprechen. Und genau das machen wir.

Immer und immer wieder. Das gefällt dir total gut. Hätten wir Zuhörer, würden die uns für total bekloppt halten. Aber niemand kann uns hören. Sandra auch nicht, die hört Robbie Williams. Ganz laut, wie immer. Und dabei rast sie wie eine gesengte Sau. Auch wie immer. Und sie heult. Du kannst sehen, wie sie sich ständig Tränen und Rotze aus dem Gesicht wischt.

Mach dir keine Gedanken, sie heult nicht wegen dir. Das tut sie selten, sehr selten. Nur ein bisschen manchmal, wenn sie sentimental wird. Aber meistens, wenn sie dicht ist. Jetzt weint sie wegen Steve, wegen diesem erbärmlichen Wichser … Neun, zehn Wochen – das ist so der Durchschnitt, dann haben ihre Macker genug von Sandra …

Was? Was stört dich? Dass ich deine Mutter beim Vornamen nenne? Das machst du doch auch! Nie sagst du Mutter. Oder Mama. Du sagst immer nur Sandra. Und blöde Kuh … Oder willst du nicht hören, was all die Typen mit ihr gemacht haben? Du? Ernsthaft, du? Und was ist mit den ganzen Pornos, die du dir reinziehst? Lächerlich, aber gut … Zurück zu Sandra. Spätestens nach zehn Wochen fängt sie an, ihren Mackern auf den Sack zu gehen … zickig, hysterisch, eifersüchtig … Zehn Wochen sind gar nicht mal so schlecht, wenn man bedenkt, wie Sandra drauf ist … Steve war noch einigermaßen in Ordnung, hat nicht viel geredet. Auch wenn er oft versucht hat, dir vorzuschreiben, was du zu tun hast …

Er ist sogar mal mit uns Kart gefahren … Jedenfalls war er besser als der, der uns zum Klauen mitgenommen hat. Wie hieß der noch mal? Nico, oder? Weißt du noch? Wir mussten an der Straßenecke

Schmiere stehen. Mit dem Handy in der Hand, falls jemand kommt … Ist aber nie passiert. Wie oft war das? Drei-, viermal? Danach sind sie immer ins Casino, Sandra und er. In Nennig. Einmal haben sie uns mitgenommen, aber wir mussten im Auto warten. Bis drei Uhr, oder? Jetzt sagst du nichts mehr. Glotzt einfach nur so aus dem Fenster, schaust dir jedes einzelne Kuhdorf an, durch das wir fahren. Du hörst, wie deine Mutter ihre Nase hochzieht. Du wünschst dir, sie wär tot oder wenigstens nicht mehr da …

Frau Molitor hat ganz rechts gesessen. Und in der Mitte Herr Schanck, dein Klassenlehrer. Eigentlich magst du den Schanck. Um sie herum all die anderen. Frau Corinne, Herr Bartholmé, den ihr *schwule Sau* nennt, und die Steines … sorry, Nathalie, ganz links. Der Rest in der zweiten Reihe. Du kennst sie nicht mal alle beim Namen. Du hast sie dieses Jahr auch noch nicht so oft gesehen …

Sandra hat eine Viertelstunde auf sich warten lassen. Dann hast du sie endlich kommen hören. Die hohen Absätze haben einen Megakrach gemacht. Du hast dich mal wieder geschämt. Auch wie sie angetanzt ist: Minirock, die ganze Farbe im Gesicht … und die lächerlich überdrehte Stimme …

Du hast die Tischplatte vor dir angestarrt …

»Du sollst mich anschauen! Nicht den Tisch!«, hat der Schanck gesagt.

Das hast du dann auch gemacht, aber nicht lang. Der Schanck hat sowieso die meiste Zeit mit deiner Mutter geredet. Und die hat mal wieder ihr *Ich blase dir einen, wenn du nett zu mir bist*-Lächeln aufgelegt. Das kann sie unglaublich gut, deine Mutter …

»Wissen Sie, warum Sie hier sind?«, hat der Schanck gefragt und deine Mutter hat genickt.

»Das ist doch schlimm, oder etwa nicht?«, hat die verfickte Molitor gemeint.

Sandra hat weiter schön brav genickt.

Ob du was dazu zu sagen hättest, wollten sie alle wissen. Du hast getan, was du immer tust, wenn du nicht klarkommst. Nichts hast du gesagt, die Tischplatte fest im Blick.

Du sollst den Leuten ins Gesicht schauen, wenn sie mit dir reden, hat die Molitor gesagt. Das hast du dann gemacht, zumindest ein paar Sekunden lang. Wenn du nichts zu sagen hast, sollst du wenigstens noch mal erzählen, was an diesem einem Dienstagmittag passiert ist.

»Aus deiner Perspektive«, hat Frau Corinne gesagt.

»So, wie du es erlebt hast«, hat Nathalie ergänzt. Als würdest du nicht wissen, was Perspektive bedeutet.

Dann hast du es halt noch mal erzählt. So, wie ich es dir schon so oft erzählt hab. Nicht so, wie es war … sondern so, wie es hätte sein müssen …

Daniel. Er ist der größte Arsch der gesamten Hauptschule. Er kann es einfach nicht lassen, seit

Wochen immer wieder das Gleiche. Dass du keinen Vater hast oder gleich mehrere. Deine Mutter? Über die ist schon das ganze Viertel drübergerutscht … So hast du es natürlich nicht erzählt, obwohl Daniel genau das gesagt hat. Obwohl du weißt, dass Daniel recht hat. Gerade weil du weißt, dass er recht hat … Daniel! Was für ein Spast … Vor dem Rausschmeißkommando hast du nur gesagt, dass er nicht damit aufgehört hat, über deine Mutter herzuziehen. Du warst erleichtert, dass keiner gesagt hat: *herziehen? Wie, herziehen?*

Du hast ihn dann am Kragen gepackt, weil er nicht aufgehört hat, Scheiße zu labern. Hast ihn so lang am Schal gezogen, bis er seine Fresse gehalten hat. Der Sack hat einfach nicht aufgegeben. Du hast nicht mal mitbekommen, dass er fast nach hinten weggekippt ist. Du hättest ihn niemals fallen lassen, hast du gesagt … Er ist ganz blau im Gesicht geworden. Hat sich vor Panik fast in die Hose gekackt. Glaubst du, er hat was draus gelernt? Fehlanzeige – am nächsten Tag hat er einfach weitergemacht. So dumm … ist doch nicht normal, oder?

Dann hat es dir gereicht und du hattest eine Idee. Die Megaidee … Na ja, eigentlich wars meine, so wie alle deine Ideen. Aber das würde dir niemand glauben. Also hast du eben gesagt, es wär deine gewesen …

Du hast Rui überredet, sich mit Daniel auf dem

Fußballplatz zu treffen. Hinter der Umkleide. Du hast erklärt, wie du am Tag zuvor den Baseballschläger in der Regenrinne versteckt hast und dann rein zufällig bei ihrem Treffen aufgekreuzt bist. Sie waren gerade dabei, Pornos auf dem Handy zu schauen, als Daniel gleich wieder angefangen hat, über deine Mutter herzuziehen. Dass sie ihr gerade dabei zusehen würden, wie sie Schwänze lutscht. Ob du denn mitschauen willst.

Du hast nichts gesagt, hast bloß den Schläger aus seinem Versteck geholt. Daniel hat natürlich nichts gerafft. Dumm, wie er ist, hat er nur weitergelacht. Und dann hast du einfach draufgehauen. Nein, nicht einfach so. Du hast aufgepasst, dass du ihn nicht am Kopf erwischst. Nur die Arme, die Beine und den Rücken. Das Handy hast du ihm abgenommen. Du hattest keinen Bock, es danach auch noch bezahlen zu müssen. Und allzu fest hast du auch nicht draufgehauen. Es hat nie was geknackt oder so. Zwanzig Mal. Genau zwanzig Mal. Du hast mitgezählt, laut mitgezählt. Du hast Daniel gesagt, er soll auch mitzählen. Nach dem zwanzigsten Mal hast du den Schläger weggeworfen und noch mal mit dem Fuß nachgetreten. In den Bauch. Nicht zu fest. Du wolltest die Eier erwischen, ging aber daneben.

Das hast du auch nicht gesagt, das mit den Eiern. Das hören die Lehrer nicht so gern. Du hast aber gesagt, dass es dir leidtun würde. Das stimmt zwar nicht, aber das hören sie gern. Und nach Dreiborn willst du auch nicht, hast du gesagt.

Dann hat deine Alte wieder mit Flennen angefangen, als hätte sie auf ihren Einsatz gewartet. Du hast auf den Tisch geschaut und sie heulen lassen, hast dich nicht mal gewehrt, als sie deinen Arm festgehalten hat. Eigentlich hasst du es, wenn sie das macht, aber es wär nicht gut gekommen, wenn du sie weggestoßen hättest.

Sie haben euch rausgeschickt. Sandra hat weitergeheult. Du hast nichts gesagt, hast dich nur weiter fremdgeschämt. Sandra ist es mit dir bestimmt genauso gegangen. Nach einer halben Stunde hat man euch wieder reingerufen.

Du hast gleich kapiert, dass du nicht nach Dreiborn musst. Alle haben streng geschaut. Je strenger sie schauen, desto milder die Strafe.

Erst mal hat die Molitor eine Moralpredigt über Respekt gehalten und darüber, dass Gewalt Gegengewalt erzeugt und so einen Scheiß … Sie hat gesagt, dass du eine letzte Chance bekommst. Die allerletzte. Und dass du dich für die *Auszeit* anmelden sollst. Das ist eine Sonderklasse, wo du erst mal für sechs Wochen hinmusst. Mit extra geschulten Lehrern. Die können dir helfen … deinen Weg zu finden. Oder so ähnlich. Damit musst du aber einverstanden sein. Sandra auch. Die war sehr einverstanden. Hat geweint, gelacht, geschnieft …

Sandra hat sofort unterschrieben. Und du Vogel natürlich auch! Was hättest du machen sollen? Immer noch besser als Dreiborn. Na ja und sechs Wochen … die gehen auch vorbei …

Sandra parkt im Hof. Scheiß Matsch! Da kannst du machen, was du willst, da klebt immer was an deinen weißen Vans und an der Hose. In Petingen hast du in einem Apartment gewohnt, aber hier werdet ihr in einem richtigen Haus wohnen, hat Sandra gesagt. Dabei ist es nur eine umgebaute Scheune, sonst nichts! Vielleicht wars früher sogar ein Stall. Ständig klebt was an deinen Sohlen. Ein Bauernhof in einem Kuhdorf halt. Alles voller Matsch. Ein paar Bauern, viele Alte und Assis wie Sandra und du.

Eure Bude ist allerdings größer als in Petingen. Viel größer und es stinkt auch viel mehr nach kaltem Frittierfett.

Sandra hat sich beruhigt. Im Flur streichelt sie dir kurz über den Kopf und lacht blöd dazu. Du erträgst ihr Lachen nicht. Sie lacht immer gleich. Was bedeutet das? Tut mir leid? Dumm gelaufen? Ist nicht so schlimm? Du bist bescheuert? Die anderen können uns mal kreuzweise? … oder was? Du würdest ja nachfragen, aber du kennst die Antwort schon. Ein blödes Lachen …

Sie ist wieder mal auf Facebook und schickt Herzchen an halb Luxemburg. Sie antwortet auf jeden

Scheiß … ist ständig auf der Suche nach einem neuen Macker …

Du machst dir ein Pizzabaguette in der Mikrowelle, fragst sogar Sandra, ob sie auch eins will.

»Mmh!«, antwortet sie.

Das ist wie ihr Lachen, es kann alles bedeuten … Du machst ihr auch eins, legst es neben den Computer. Noch mal »Mmh!«.

Deins nimmst du mit aufs Zimmer. Genau wie eine Tüte Chips und zwei Cola.

Die ranzige Tapete hast du mit Postern überklebt, so gut wie möglich. Oh schau, da glotzt noch ein lachender Mond, ein Schaf oder irgend so ’n Scheiß drunter vor. Früher war das ein Kinderzimmer. Sandra kann nicht tapezieren, du auch nicht. Natürlich nicht. Deswegen die Billo-Poster, Gangster und geilen Hasen. Ein Regal mit ein paar Schulbüchern und deine Shisha. Super cool, mitten im Zimmer. Für deine Freunde, wenn die mal kommen … Sandra ist einverstanden. Du rauchst ja nur Tabak, hast du versprochen … Sie ist wirklich dumm wie Brot …

Du schaltest den Fernseher ein und legst dich aufs Bett.

Irgendwo in der Nähe des Nordpols ziehen Männer riesige Käfige voll mit Krebsen aus dem eisigen Wasser. Sie rauchen, fluchen und reden über Geld … Es ist immer das Gleiche, aber irgendwie cool.

DREI

Eine ganze Woche hast du in der *Auszeit* gebraucht, um rauszufinden, was für ein Programm die da abziehen. Ich hab es von Anfang an gewusst. Ich hab es dir auch schon gesagt, aber du willst ja nie hören. Da hast du dir von deinen neuen Lehrern ordentlich einen aufbinden lassen. Die sind ja auch ganz anders als die, mit denen du es sonst zu tun hast. Sie haben über die *Auszeit* gesprochen, so, als würden sie sich ihr Blabla selbst abkaufen. Als könntest du anders. Als könnten sie aus dir einen besseren Menschen machen. Eine neue Chance, ein neuer Start, den ganzen Scheiß hinter dir lassen … War dir alles richtig unheimlich.

Und du? Du hast dir wirklich Mühe gegeben in der ersten Woche. Ein bisschen auch noch in der zweiten. Meistens hast du dein Schulzeug dabeigehabt. Selbst in Mathe hast du was verstanden, sogar die Sache mit den Brüchen. Bei Plus muss man den gemeinsamen Nenner finden. Bei Minus auch. Und bei Mal da … was für ein Trottel du warst. Eine ganze Woche und noch ein bisschen mehr hast du gebraucht, um rauszufinden, dass die *Auszeit* nichts weiter ist als eine neue Art von Knast. Ein Knast, wo Schule gespielt wird. Ein Knast, wo die Wärter alle scheißnett sind und scheißnett bleiben, wenn man sie *Alte Hure!* nennt.

Das hat Addis zu Frau Schäfer gesagt, nicht du. Sie wollte, dass er Theater spielt. Er nicht. Nie hält er seine Fresse, aber vor der Klasse sprechen wollte er nicht. Er hätte keinen Bock, hat er gesagt. Er würde sich nicht trauen, hat sie gesagt.

»Alte Hure!«, hat er gebrüllt, hat eine Schulbank umgeschmissen und ist rausgelaufen. Frau Schäfer ist ganz ruhig geblieben. Addis musste die Schulbank wieder aufstellen und hat eine Strafe bekommen. Die restliche Stunde ist er still sitzen geblieben, hat geschmollt und sich mit dem Zirkel in den Arm geritzt. Richtig geblutet hat das. Er hat gewartet, bis Frau Schäfer etwas sagen würde, aber sie hat ihn nicht mal angeschaut. Am Ende der Stunde hat er sich entschuldigt. Es läge an den Tabletten, hat er gesagt. Morgens muss er nur seine Pillen nehmen und schon ist's gut. Die Wirkung lässt aber mittags nach und dann kann er sich nicht mehr konzentrieren … Frau Schäfer hat zugehört und die Geschichte geglaubt oder zumindest so getan. So ein Scheiß! Ganz sicher! Glaub mir, Addis ist voll der Spacko, da helfen auch keine Pillen.

Und dann wär da noch … Shirley! Und? Hast du schon einen Ständer? Ich krieg einen, wenn ich nur ihren Namen sage. Shir-ley! Voll die heiße Braut! Und sie sitzt auch noch neben dir. Zwischen dir und Addis. In der Mitte. Wir sind nur zu viert in der *Auszeit* … verteilt an Einzeltischen, dazwischen immer so eine Trennwand. Eine Pinnwand mit euren Zeichnungen, dem Wochenplan, den Bewertungsbögen, den Punkten, die ihr bisher abhaken konntet. Der ganze Scheiß eben, der vermeiden soll, dass es dort wie im Knast aussieht …

Die Trennwände gehen nicht bis zum Boden, haha! Und du lässt verdammt viele Sachen runterfallen. Tintenkiller, Radiergummis, Geodreiecke … Verrückt, wie ungeschickt du plötzlich bist. Und jedes Mal, wenn du dich nach unten beugst, um deinen Kram wieder aufzuheben, kriegst du echt was geboten. Shirleys Beine. Ihre hammer Beine! Immer im Minirock oder in so engen Leggins. Das muss doch furchtbar wehtun, einen Ständer, den ganzen Tag lang …

Jetzt aber mal im Ernst: Shirley hat echt selten viel an und das bisschen, das sie trägt, zeigt sie gern. Rote Strings, schwarze BHs und so. Darum wurde sie auch von der Schule in Mamer geschmissen. Wie, du kennst die Geschichte nicht? Mir hat sie die gleich am ersten Tag erzählt! Du hast in der Zeit wohl nur geglotzt und gesabbert …

Also, Shirleys Klassenlehrerin hatte was gegen ihre Klamotten. Viel zu nuttig. Sie hat gesagt, dass sich das nicht gehört für ein dreizehnjähriges Kind. Shirley meinte bloß, sie wär kein Kind mehr. Und dass die Lehrerin sich um ihre eigenen Angelegenheiten kümmern soll. Die Lehrerin wurde wütend und versuchte, Shirley was überzuziehen. So ein langes XXL-T-Shirt. Shirley hat sich gewehrt, wurde von der Lehrerin an den Haaren gezogen und hat sie dann zu Boden gestoßen. Shirley hat auf sie gespuckt, ist weggelaufen und drei Tage nicht nach Hause gekommen. Auch nicht in die Schule. Sie hat bei einem Freund gepennt. Der Freund ist 19, hat Shirley gesagt, gekichert und so dreckig geschaut, um mir klarzumachen, was sie mit *gepennt* meint: In der Kiste waren sie!

Dann ist Shirley in unsere Schule gekommen. Und schon nach drei Monaten musste sie in die *Auszeit.* Den Grund dafür hat sie mir noch nicht verraten. Warum sie uns die anderen Dinge erzählt, weiß ich auch nicht …

Zu dir ist sie sehr nett. Meistens. Das ist komisch … Vielleicht glaubt sie, dass du … anders bist, nur weil du sie nicht ganz so blöd anmachst. So blöd wie Addis. Dabei traust du dich einfach nur nicht. Aber du willst sie auch vögeln, genau wie Addis und jeder andere Kerl in diesem Gebäude … Vielleicht ist es einfach nur, weil sie ständig deine Kippen raucht. Sie fragt nie. Sie wartet immer nur, dass du ihr deine Schachtel hinhältst. Dann nimmt sie sich eine. Sie sagt auch nie *Danke,* schneidet nur so eine Grimasse … ähnlich wie ein Lächeln.

Ab und zu nimmt sie sich auch eine Kippe von einem anderen. Von den Großen aus der Werkstatt, vor allem von Antonio. Viel öfter aber von dir. Komisch … aber gut.

Meistens rauchst du allein mit Shirley. Dabei war ich es, der diesen super Ort entdeckt hat. Hinter dem großen Müllcontainer bei den Parkplätzen der Schuldirektion. Dass man sich da traut zu rauchen … auf die Idee kommt kein Mensch. Ich bin einfach gut. Und den Rauch pustest du in eine Plastikflasche, so, wie ich es dir gesagt hab.

Shirley ist schon fünfmal erwischt worden, erzählt sie. Früher, als ihr alles scheißegal war. Einmal hat sie den Rauch dem Aufseher direkt ins Gesicht geblasen und behauptet, dass sie nicht raucht. Ein anderes Mal hat sie geschrien, dass er sie begrapscht, als er nach ihrem Schülerausweis gegriffen hat. Aber seit sie hier in der *Auszeit* ist, passt sie besser auf. Sie will nicht zurück nach Kirchberg.

»Auf Kirchberg ist die Jugendklapse«, sagt Shirley.

Da war bisher noch keiner von deinen Freunden. Dreiborn ja, Kirchberg nein.

»Voll krass ist es da!«, sagt sie. Richtig eingesperrt wird man. Einen Monat lang darf dich niemand besuchen kommen. Und Rauchen ist verboten. Wenn du dich nicht benimmst, fixieren sie dich mit Gurten und Fußfesseln am Bett. Eine Spritze gibt's gleich dazu. Wie in den Serien!

»Dreiborn, Kirchberg ... scheinbar ist es überall wie in den Serien«, sagst du ... und grinst dabei blöd. Voll der Macker eben ...

Shirley platzt fast vor Wut. Ob du ihr etwa nicht glaubst.

»Doch, doch!«, sagst du.

Dann sollst du ihr auch in die Augen schauen! Das hast du dann auch gemacht ... und bist rot geworden, du Loser!

»Du lügst!«, sagt sie.

»Nein! Du lügst!«

Es ist nur ... du schaust den Menschen nicht gern in die Augen. Shirley lacht. Sie bekommt einen Hustenanfall, weil sie beim Inhalieren den Rauch irgendwie falsch eingeatmet hat. Jetzt hustet und hustet sie.

Dann ... ich glaub, du willst wirklich nur helfen ... auf ihren Rücken klopfen oder so ... klebt sie auf einmal fest an dir. Ganz plötzlich. Sehr eng. Nicht, dass du was dagegen hast ... Die ganze Woche hast du von nichts anderem geträumt. Aber es ist Shirley, die damit anfängt. Ganz sicher.

Du hast ihre Haare in der Nase, ihre Titten drückt sie gegen deinen Brustkorb. Und ihre Hüfte, die dreht sie, reibt sie so an deinem Bein ... Mann, das dauert richtig ...

Dir wird ganz warm. Schrecklich warm. Du schreist. Vor Schmerz brüllst du. Ein Stich, direkt durch deine Schulter. Durchs Herz. Durch die Lungen. Durch …

Du willst aufspringen, aber Shirley hält dich fest. Ihr Husten ist weg. Sie lacht. Überdreht, grell und ein bisschen wie Sandra. Dann reißt du dich los. Du guckst sie mit deinen großen Kalbsaugen an. Ihre Kippe ist komplett zerquetscht. Da ist nur noch ein bisschen Glut vorne an der Spitze. Sie zieht noch mal an ihr, aber sie geht nicht mehr an.

Shirley lacht. Richtig gut gelaunt ist sie. Du hast Tränen in den Augen, vor Schmerzen. Vielleicht auch von was anderem. Du sagst nichts, weißt nicht, was. Ich, ich würde was wissen. Ich würde mehr als nur reden. Aber du? Du bist ein Lappen! Was machst du? Ihr die Schachtel hinhalten! Shirley schüttelt bloß den Kopf.

Ob sie noch einen Zug von deiner Kippe haben kann, fragt sie.

Du gibst sie ihr. Sie nimmt einen sehr langen Zug, aber nur einen. Danach schmeckt die Kippe nach Shirleys Lippenstift.

VIER

Chicago! Mein Name ist Johnny Chicago! … heut hast du keinen Bock aufzustehen, was?

»Nee. Nich wirklich …«

Bleib doch liegen, du Arsch! Du bist ja schon drei Tage in die Auszeit gegangen und fast nie zu spät gekommen. Mach heut halt blau. Sag einfach, dass dir schlecht ist.

»Mir ist auch schlecht.«

Siehste!

»Wegen diesem verdammten Kerschemeyer … Er ist mir massiv auf den Sack gegangen. Normalerweise mag ich Mathe mit Kerschemeyer, er kann wenigstens erklären. Er ist eben cool und Sänger in einer Band, weißt du? Singt auf Englisch … Aber gestern ist er mir auf den Sack gegangen. Ich soll schöner schreiben, die Überschriften unterstreichen, einen Rand lassen! Nur so ’n Scheiß … Und dann …«

… hast du ihm gesagt, er geht dir auf den Sack!

»Normalerweise sagst DU so was. Dieses Mal war ich es, glaub ich …«

Und der Kerschemeyer? Was hat er gemacht?

»Überhaupt nichts. Vielleicht war er ein bisschen baff. Er hat mir eine Strafe gegeben und dann war er wieder nett. Als wär nichts gewesen …«

Und es war ja auch nichts, oder …?

»Überhaupt nichts.«

Und Shirley?

»Was ist mit Shirley?«

Hast du vielleicht nur auf großen Macker gemacht, um deine Tussi zu beeindrucken?

»Gar nicht! Sie war nicht mal da …«

Bingo! Da haben wir es doch …

»Ja … nein … ich weiß nicht … Eine Sekretärin hat sie abgeholt. Sie musste zur Molitor ins Büro. Bestimmt wegen der Sache mit Tamara …«

Tamara? Was war denn …?

»Verarschen kann ich mich auch allein. Du weißt genau, was da war. Du weißt alles, was ich weiß. Ich bin es, der nicht immer alles weiß, was du weißt … Das ist auch der Grund … der Grund, warum du mein Freund bist …«

Dein einziger Freund! Erzähl es mir trotzdem … Das wird dir guttun.

»Okay. Also … Shirley und Tamara haben sich letzte Woche geprügelt. Erst ging rum, dass Shirley allen Typen einen bläst, für 20 Mäuse auf dem Jungsklo. Ich hab auch eine SMS bekommen …«

Und? Hast du angerufen?

»Haha … natürlich nicht, aber bestimmt ein paar andere. Anfangs hat Shirley noch gelacht. Sie fand es bestimmt irgendwie ganz cool, dass sie von so vielen Typen angerufen wird. Dann hat sie rausgefunden, dass Tamara dahintersteckt, und fand es gar nicht mehr so cool. In der Mittagspause hat sie ihr den Nasenring rausgerissen und Tamara hat ihr das Gesicht blutig gekratzt. Also sind beide bei der Molitor gelandet. Da hat wahrscheinlich keiner von ihnen was gesagt, weil Shirley war später wieder in der Klasse. Sie war wütend, krass wütend ... so wütend ... wie du es auch manchmal wirst.«

So wütend, dass du jemanden kaputt schlagen könntest? Also wirklich, ja? Nicht nur so gesagt ...

»Ja, so wütend.«

Krass! Deine Freundin fängt an, mir zu gefallen ...

»Sie ist nicht meine Freundin.«

Schade, oder? Und dann?

»Nichts. Eine ganze Woche lang ist nichts passiert, bis gestern, als es in der Mittagspause hieß, dass Tamara im Krankenhaus ist. Einer der Pförtner hat sie hingebracht. Die Spitze von 'nem Zirkel hat in ihrem Bein festgesteckt. Ist irgendwie abgebrochen oder so ... War aber so tief drin, dass man sie nicht mehr rausbekommen hat. Später kam die Sekretärin, um Shirley zu holen ... und dann hab ich Kerschemeyer gesagt, dass er mir auf den Sack geht ... «

Shhhht! Halt mal die Fresse! Hörst du das? Da singt doch jemand ... Klingelt da ein Handy? Deins?

»Haha, das ist doch dieser scheiß Robbie Williams! Muss Sandras Handy sein. Sie hat es wohl liegen lassen ...«

Unsere Sandra? Nee, die würde bestimmt ohne Unterhose aus dem Haus gehen, aber nicht ohne Handy. Die pennt sicher noch …

»Du hast recht …«

Johnny Chicago hat immer recht!

»Ja, es war …«

Sag es: Johnny Chicago hat immer recht!

»Johnny Chicago hat immer recht. Zufrieden? Sandra muss wohl spät nach Hause gekommen sein. Sicher nach drei! Es war nämlich nach drei, als ich endlich das fünfte Level von Call of Duty geschafft hab …«

Scheißrobbiewilliams gibt endlich auf!

»Und noch immer kein Mucks von Sandra. Sie ist wohl …«

… wieder dicht! Voll originell …

…

Was? Du sagst nichts? Deine Mutter ist wieder dicht! Hörst du? Zugedröhnt wie jeden Tag!

»Aber nicht morgens … nie morgens! Und mittags … mittags nur selten …«

Dafür immer abends. Eine scheiß Alkoholikerin ist sie …

»Sie ist keine Alkoholikerin! Sie säuft keine harten Sachen oder so ’n Scheiß. Nur Bier. Ein Sixpack pro Tag, mehr oder weniger …«

Eher mehr …

»Wenn sie abends weggeht … dann ja …«

Sie geht jeden Abend weg! Und sie weiß, dass du die Flaschen zählst. Auch wenn du nie was sagst. Ab und zu lässt du auch mal eine Flasche verschwinden. Sie weiß …

»DU weißt das! Du weißt ja immer alles und alles besser. Johnny Chicago hat immer recht …«

Schlecht gelaunt, Knuffel?

»… aber San… meine Mutter ist keine Alkoholikerin. Oft merkt sie nicht mal, dass sie getrunken hat …«

Wenn du meinst … Komm, wir rauchen eine!

»Deine oder meine?«

Du machst ja richtig Fortschritte … bald wirst du voll witzig sein. Neues Zippo? Schön gold ist es …

»Nummer 32 in meiner Kollektion! Cool, oder?«

Gekauft oder geklaut?

»Geklaut! Da bin ich bei Nummer 15 und nicht ein einziges Mal erwischt worden!«

Ernsthaft? Und was war das dann damals im Auchan?

»Okay, da schon … aber eigentlich nicht so richtig. Ich bin weggelaufen … und keiner konnte mich einholen.«

Das war das zweite Mal! Das erste Mal hast du beim Marktleiter gesessen und geflennt. Sandra musste kommen und du hast Hausverbot gekriegt.

Deswegen bist du beim zweiten Mal so schnell gerannt ... und zwar ohne Zippo ...

»Ich hab's weggeschmissen ... falls sie mich einholen ... haben sie aber nicht! Und das ist die Hauptsache ...«

Iiih, das ist ja gar kein Zippo! Nur eine goldene Schachtel ... mit einer ranzigen Kippe drin! Was soll denn der Scheiß?

»Die gehört ...«

... deiner Alten, schon klar! Johnny Chicago weiß alles!

»Gehört Shirley ... ja.«

Hast du sie gefragt, bevor du sie genommen hast?

»Für wie blöd hältst du mich? Hab sie eingesteckt, als sie nicht hingeschaut hat. Und drin ist der Stummel, den sie ... den sie mir ...«

... in die Schulter gedrückt hat. Ja, das hab ich sofort kapiert. Du bist echt total krank! Mit dem ganzen Scheiß, den du in Köln ...

»Köln? Köln hat nichts damit zu tun! Überhaupt nichts!«

Wenn du meinst, du Assi ... Und was machst du mit dem Stummel? Lutschst du dran und rubbelst dir gleichzeitig einen?

Das Telefon klingelt wieder. Dieses Mal das Festnetz.

Du sagst nichts mehr, bist beleidigt. Dabei hab ich nicht übertrieben, ich nur hab Spaß gemacht, okay, so gar nicht schlimm. Du bist verliebt, du Arsch, und weißt es nicht mal.

Verliebt sein geht gar nicht. Männer vögeln alles, was ihnen über den Weg läuft … oder so … Und Shirley, die ist echt eine heiße Braut! Du wirst es sowieso nie hinkriegen, sie zu vögeln. Aber ich schau dir gern dabei zu, wie du dich mit deiner dummen Fresse zum Affen machst. Sammel doch weiter ihre Kippen und benutzten Taschentücher, mal Blümchen auf ihre Hefte und ritz dir ihren Namen in den Arm. Shirley wird dir voll ins Gesicht spucken … nein, noch besser … sie wird sich vor Lachen in die Hose machen!

Und das Beste ist: Du bist so was von allein mit deinen Scheißgefühlen. Wem würdest du das auch erzählen wollen? Rui? Haha! Nathalie? Die würde voll viel Verständnis für dich haben und sagen, wie wunderschön sie es findet … Grauenhaft! Sandra? Die würde nur wieder heulen … vor Freude bestimmt … und du würdest dir wieder wünschen, sie wär tot …

Aber wer bleibt am Ende? Johnny natürlich! Johnny Chicago, he's the man! Du kannst es nur mir erzählen. Und auch das brauchst du nicht mal. Ich weiß es eh besser als du …

Jetzt kratzt du dir wieder die Brandwunde auf deiner Schulter auf. Mit einem Lineal, weil du mit den Fingern nicht drankommst. Schön gewissenhaft, bis du spürst, wie lauwarme Brühe deinen Rücken runterläuft. Und du frisst die Kruste, die am Lineal klebt.

Fast drei Wochen ist es schon her … Shirley hat nie wieder ein Wort drüber verloren. Und doch hast du dich blutig gekratzt. Immer wieder. Das machst du, bis eine Narbe bleibt, die so groß wie möglich werden soll … Du hast dir das Teil noch nicht angeschaut. Nicht, bevor Shirley es gesehen hat. Nicht, bevor sie ihre Fingerspitzen drübergleiten gelassen hat. Aber noch nie hat sie danach gefragt. Sie hat die Sache bestimmt schon vergessen …

Das Festnetztelefon klingelt, schon wieder. Gestern ist unsere Sandra vielleicht der Liebe ihres Lebens begegnet, was meinst du? Mal wieder … bestimmt irgendein Arsch. Euch rufen immer nur solche Kandidaten an … Manchmal stellst du dir vor, dein Vater wär dran. Nicht der aus Köln, ein anderer, der richtige. Stellst dir vor, er wär kein Arschloch. Sandra behauptet, er ist eins. Ein ganz großes. Der aus Köln halt. Gut möglich, dass das aber nur ihre Meinung ist, sagst du ihr dann immer. Ihre Sicht oder einfach nur eine Lüge.

Dein Vater, dein richtiger Vater, hat sich einfach aus dem Staub gemacht. Und dass er sich nie mehr gemeldet hat, hat bestimmt seine Gründe. Du erträgst deine Mutter ja auch nicht. Sandra ist wirklich eine dumme Kuh! Vielleicht kann sie nichts dafür, aber das entschuldigt eigentlich nichts ... Und du? Vielleicht hast du deinen Vater ja auch genervt. Du hast immer stundenlang geheult, als du klein warst. Nur eine eiskalte Dusche konnte dich beruhigen, behauptet Sandra. Das war aber wirklich nicht deine Schuld. Und auch nicht, dass du geboren wurdest. Dann hätten sie beim Vögeln besser aufpassen sollen ...

Ein Unfall! Das bist du. Wie oft hast du das schon gehört? Nur ein Unfall, der ihr das ganze Leben versaut hat. Das sagt deine Mutter, aber nur, wenn sie wütend ist. Nicht zwingend auf dich, sondern auf die Gesamtsituation. Was für ein Unfall es war, sagt sie nicht. Kein Gummi? Ein kaputtes? Oder schlecht gerechnet? Frag sie doch einfach beim nächsten Mal ...

Ein Unfall ... das kann schon sein. Vielleicht wär dein Vater bei ihr geblieben, wenn es dich nie gegeben hätte. Dann wär er aber auch nicht dein Vater, weil du ja nicht geboren worden wärst. Dann hätten sie vielleicht irgendeinen Steve, einen Robbie oder Jason. Irgend so 'n Arsch halt ...

Jetzt klingelt Robbie Williams schon wieder. Der gibt ja wirklich alles, bis er Erfolg hat. Unsere Sandra ist endlich aufgewacht. Hörst du sie rumeiern? Natürlich findet sie ihr Handy nicht. Es wird auch geflucht, aber das ist nicht ihre Stimme. Nicht mal nach zwei Päckchen Kippen ... Wär ja auch eine Seltenheit, wenn sie mal allein nach Hause gekommen wär. Und je später es wird, desto hässlicher sind die Typen …

»Was? Was?«, hör ich sie sagen.

Ich glaub, ich weiß, wer da am Telefon ist. Du hättest es kommen sehen müssen …

Und schon steht sie nackt in deinem Zimmer. Wie so oft. Warum du nicht in der Schule bist, will sie wissen. Jetzt aber schnell! Du sollst nicht rumdiskutieren! Das volle Elternprogramm eben …

Sie hat ihr Handy in der Hand, ganz sicher hat sie nicht aufgelegt. Jetzt gibt sie wieder alles, um der Molitor zu zeigen, was für eine verantwortungsbewusste Mutter sie ist. Konsequent und so.

Lass dich mal wieder so richtig durchnehmen und mich in Ruhe, sagst du nicht, aber du bist kurz davor. Du sagst überhaupt nichts.

Sandra ist einfach nur eine arme Sau … aber immerhin heiß … In der Grundschule warst du stolz, eine so heiße Mutter zu haben. Aber das ist lang her. Jetzt wünschst du dir, sie wär voll hässlich. Dann wären da nicht ständig diese Typen. Und du wahrscheinlich auch nicht …

FÜNF

»Du brauchst keine Angst zu haben«, hast du ihr gesagt.

Shirley hat dich angeschaut, als wärst du gestört. Und unter uns gesagt, das bist du auch, spätestens seit Köln. Vielleicht auch schon davor, das weiß ich aber nicht so genau, da gab's mich noch nicht. Und Johnny Chicago weiß sonst alles. Vielleicht warst du schon immer so 'n Opfer, seit deiner Geburt und auch davor. Vielleicht hat Sandra auch damals gesoffen und geraucht …

Shirley hat bestimmt kapiert, dass du eine Niete bist.

»Ich habe keine Angst. Vor nichts und niemandem. Und falls doch, was würde dich das angehen?«, hat sie gesagt.

Du wolltest reagieren, irgendwas mit Beschützen oder so ähnlich sagen. Aber du hast nichts gesagt, einfach weitergeraucht.

Shirley war heute Morgen wie auf Speed. Schon als du angekommen bist, so gegen Viertel nach neun. Ihr hattet Französisch bei der Schäfer. Normalerweise ist Shirley ultracool, aber da war sie voll neben sich, hat nicht mal so richtig gemerkt, dass du da bist.

Und Addis, der Arsch, hat ganz ruhig auf seinem Platz gesessen. Nicht ein Ton. Die Schäfer muss den echt plattgemacht haben. Richtig Schiss hat der gehabt … Aber es war nicht er, der Mist gebaut hat, sondern Shirley. Jedes Mal, wenn die Schäfer ihr den Rücken zugedreht hat, hat Shirley »Bitch, Bitch, Bitch!« geflüstert. So leise, dass man es fast nicht hören konnte, als würde sie mit sich selbst sprechen. Gerade laut genug, dass die Schäfer es gehört hat.

Jedes Mal, wenn die Schäfer sie angeschaut hat, hat Shirley zuckersüß zurückgelächelt mitten in ihr Gesicht. Als wüsste sie gar nicht, um was es geht. Als wär sie die Unschuld in Person … richtig unheimlich. Und die Schäfer? Die war kurz vorm Explodieren. Dir wars auch nicht mehr egal, weil … Shirleys Lächeln hat so verdammt echt ausgesehen. Also, sie hat wirklich unschuldig ausgesehen. Als wär sie tatsächlich davon überzeugt, dass sie nichts gemacht hat. Und genau so muss es auch bei der Schäfer angekommen sein. Deshalb war sie so … so überhaupt nicht mehr sicher, was gerade abgeht. Und dazu noch die Geschichte mit dem Zirkel … Die Schäfer hat sicher Angst gehabt, dass deine Tussi bekloppt ist! Die war ja schon auf Kirchberg und so.

Aber so vollkommen irre scheint Shirley nicht zu sein. So wie in den Serien. Sie sabbert nicht und führt keine Selbstgespräche … zumindest nicht, wenn du dabei bist. Aber sie macht Sachen, die nicht mal ich machen würde. Und du genauso wenig. Also nicht, dass das so schlimm wär.

Guck, zum Beispiel die Sache mit dem Zirkel. Das war kein bisschen schlimmer als deine Aktion mit dem Baseballschläger. Aber danach … danach muss man sich ducken, den Kopf einziehen, runterkommen, erklären, ja, dass es einem leidtut. Der ganze Scheiß halt. Und Shirley? Macht genau das Gegenteil, dreht noch ein bisschen mehr auf und legt sich auch noch mit der Schäfer an … ausgerechnet mit der Schäfer, die euch immer unterstützt hat … Wie dumm kann man nur sein? Schau bloß zu, dass du die Irre bald flachlegst, und dann … tschüss und auf Nimmerwiedersehen!

Während der Pause versuchst du es dann mit Nettsein. *Du brauchst keine Angst zu haben.* Okay, vielleicht nicht dein klügster Satz, aber auch kein Grund, dich gleich blöd anzumachen … *Dumme Kuh!,* hättest du sagen sollen. Aber das hast du dich mal wieder nicht getraut.

Du drehst ihr den Rücken zu, rauchst einfach weiter. Keiner von euch sagt auch nur ein Wort. Dann klingelt es zum ersten Mal und Shirley will wissen, ob du Geld dabeihast.

»Ja, ein bisschen«, sagst du.

»Wie viel?,«, fragt sie.

»Um die dreißig«, sagst du.

»Das reicht«, antwortet sie.

»Für was?« Eine dümmere Frage ist dir wohl nicht einfallen.

»Um ins Kino zu gehen.«

Dass doch Schule ist, sagst du. Und selbst wenn nicht, darf man das Schulgelände nicht einfach verlassen.

»Vergiss das alles«, antwortet sie.

Sie will weg, und zwar jetzt ... fertig! Sie schaut dich einfach nur an ... diese blöde Tussi! Es gibt genug Gründe, nicht zu schwänzen. Nicht, dass du Angst hast oder so. Die Molitor, Kerschemeyer, Nathalie, die Schäfer, Sandra ... die machen dir keine Angst. Die können dich alle mal. Es ist nur ... Die stressen dich dann wieder mit Sätzen wie, was du dir nur dabei gedacht hast und so. Als wärst du ein Trottel. Willst du nicht sein, bist du aber trotzdem. Ist ja klar.

Als würdest du dir nichts denken. Natürlich denkst du dir was dabei, sehr viel sogar. Aber das sagst du denen doch nicht ... Du denkst, dass du keine Wahl hast ... Was? Man hat immer eine Wahl! Wer erzählt denn bitte so 'n Scheiß? Nathalie? Dann glaub halt Nathalie! Kannst ja auch gleich nach Dreiborn ... das ist es doch, was deine Nathalie sagt ...

Du hast keine Wahl, du Idiot! Obwohl ... doch, hast du! Du kannst Shirley flachlegen oder nicht. Aber wenn man sonst keinen anderen Wunsch hat, bleibt einem wirklich keine Wahl. Das weiß Shirley ganz genau …

Ihr nehmt den Zug um elf, er ist total leer und der Schaffner schaut euch schon komisch an. Du wartest darauf, dass er was sagt, Schule und so. Du hast dir extra eine Ausrede ausgedacht, Termin beim Arzt im Stadtzentrum. Aber er kontrolliert nur eure Jahreskarten. Vielleicht weil Shirley so nett zu ihm ist. Sie hat nicht ihre Füße auf dem Sitz, sagt »Sorry!« und »Danke« und lächelt ihm freundlich zu. Nicht irgendwie frech oder herausfordernd, sondern richtig mit Anstand und so. Als wär sie ganz normal im Kopf. Ganz normal ist sie auch zu dir. Sie will wissen, ob du Filme auf deinem Handy hast.

»Nein.«

Du kennst nur die Filmchen, die dir Rui vorgeschlagen hat. Vor deinen Freunden gibst du damit gern an, aber vor deiner kleinen Shirley … bestimmt nicht. Die soll ja nicht glauben, dass du ein erbärmlicher Wichser bist … Als würde sie es nicht schon lang wissen.

»Du bist voll der Loser!«, sagt sie. Ob du denn wenigstens Musik drauf hast.

»Natürlich«, sagst du.

»Bestimmt nur Bushido und Sido und so ’n Scheiß!«, meint sie.

»Nein, find ich auch scheiße.«

Immerhin ist das nicht gelogen. Du hörst viel lieber Rammstein. Aber auch Pink. Pink! Deinen Kumpels hast du das natürlich nicht erzählt. Pink ist nur was für Mädchen und Schwuchteln. Schwul willst du auf keinen Fall sein. Pink findest du trotzdem cool. Shirley auch.

Sie rutscht gleich näher an dich ran und steckt sich einen der Stöpsel in ihr Ohr. Nur einen, den anderen hast du dir genommen … Eure Schultern berühren sich. Anders ist das auch gar nicht möglich.

Du starrst einfach vor dich hin. Shirley hat ihre Augen geschlossen und ihr Kopf bewegt sich langsam hin und her, zusammen mit der Musik und dem Zug, ohne ein Wort zu sagen.

Eine halbe Stunde lang bis nach Mersch. Da hört sie auf, ihren Kopf zu bewegen, und liegt jetzt ganz entspannt in ihrem Sitz. Ihr Mund steht ein bisschen offen. Deine Schulter wird schwerer und schwerer. Du spürst, wie Shirley gegen dich fällt. Du drückst sie immer wieder von dir weg. Für eine Minute ist dann auch Ruhe, bevor sie wieder auf dich fällt …

Kurz überlegst du, die Situation vielleicht auszunutzen, ein bisschen an Shirley rumzufummeln oder so. Aber so wirklich gut geht es dir mit dem Gedanken nicht.

Du kapierst nicht, wie sie einfach einpennen kann, hast Schiss, dass sie dich testet, um rauszufinden, was du machst. Vielleicht fürchtest du dich auch nur vor einem versteckten Zirkel in ihrer Faust, dass sie nur darauf wartet, dich zu erwischen …

In Walferdingen liegt ihr Kopf auf deiner Schulter. In Dommeldingen wird sie nicht wach. Auch nicht auf der Brücke in Clausen, als der Zug kurz stehen bleibt und über Lautsprecher gesagt wird, dass aussteigen verboten ist. Und am Hauptbahnhof Luxemburg angekommen, hörst du Shirley schnarchen. Sie ist wirklich weit weg … und genauso schnell wieder wach. Kurz ist die Musik aus, da steht sie schon wieder neben dir und lacht. Sie hat bestimmt was Schönes geträumt.

Die Bullen am Bahnhof machen dich nervös. In der Schule wissen sie mittlerweile sicher, dass ihr blaumacht. Und die melden das gleich den Bullen …

Shirley will noch Kippen kaufen, aber du packst sie am Arm und gehst direkt mit ihr raus. Du hast Schiss, dass sie wütend wird. Aber sie schaut dich nur voll erstaunt an und lacht. Schon wieder lacht sie. Es geht ihr wirklich besser. In der Stadt ist Shirley wie ein anderer Mensch.

»Du musst keine Angst haben«, sagt sie. Gleiche Worte und gleicher Ton wie von dir davor in der Pause. Die Bullen werden nichts tun. Nicht vor acht Uhr abends …

Aber sie sagt nicht, dass du ihren Arm loslassen sollst. Also machst du es auch nicht … bis zum Eingang von Mägges. Da lässt du sie los und hältst ihr die Tür auf. Shirley lacht noch mal und läuft vor.

Mindestens tausend Leute essen hier. Viele mit Anzug und Krawatte und die Frauen in dunklen Röcken. Fast alle reden französisch. Es gibt keinen Platz für zwei allein, ihr müsst neben zwei Tussis an einem Tisch sitzen, so Banktussis. Auch die reden französisch. So schnell, dass du fast nichts verstehst. Sie lachen laut und schauen auch manchmal zu euch rüber. Normalerweise machst du so Tussis gleich blöd an. Dafür reicht sogar dein Französisch. *Sale pute, connasse* oder so. Aber Shirley ... die kriegt das alles überhaupt nicht mit, hat die Banktussis nicht mal gesehen. Und dich schaut sie auch nicht an, ist ganz auf das Tablett vor sich konzentriert und hat es schon fast komplett leer gefuttert. Erst die Riesentüte Fritten mit Ketchup und Mayo und dann die zwölf Chicken Nuggets, die große Cola, den Big Mac und die übergebliebenen Fritten von dir.

»Ich geh jetzt pissen!«, sagt sie nach dem Essen.

Und du? Musst du nicht? Aber so was von!

Die Banktussis glotzen richtig und kichern. Auch wenn sie nur französisch verstehen, haben sie *pissen* natürlich kapiert.

Du sagst, dass du nicht musst.

»Wie du willst!«, sagt Shirley und verschwindet ...

Und du bleibst auf deinem dummen Arsch sitzen. Fragst dich, ob das keine Anmache war. Ob du nicht auch musst. Und zwar nicht, um Wache zu stehen oder ihr die Tür aufzuhalten wie so 'n Opfer. Sondern um sie richtig durchzunehmen …

Du warst dir aber nicht sicher, ob Shirley das wirklich will. Ausgerechnet jetzt und dort. Das sind aber alles nur billige Ausreden. Wärst du mitgegangen, hättest du es bestimmt rausgefunden. Aber du hast Schiss gehabt und den Schwanz eingezogen! Du bist halt einfach eine Pussy, die lieber Pink hört, anstatt Weiber klarzumachen.

Ihr fahrt ins Kino. Da ist fast keine Schlange. Nur so 'n paar Idioten aus der Europaschule. Mittwochmittags haben die immer frei. Sogar so 'n Typ mit 'ner echten Lederjacke von Dolce & Gabbana ist da, stellt Shirley fest.

Ob sie die haben will, frag ich sie.

»So eine ähnliche?«

»Nee, genau die!«

»Du bist verrückt!«

»Warum? Ist doch nur ein blöder Pisser. Genau wie seine Freunde. Denen ist es eh scheißegal. Die haben so viel Kohle …«, sage ich.

»Benimm dich«, sagt Shirley und verpasst mir einen Klaps auf den Arsch, nicht fest, nur so zum Spaß. Sie will jetzt ins Kino und sicher nicht mit einer geklauten Jacke da rumlaufen.

»Okay«, sagst du.

»Was schauen wir?«, fragt sie.

Nur Scheiße läuft. Auf Deutsch gibt's Kinderfilme wie *Der kleine Eisbär* und so 'n Dreck. Und auf Englisch … du hast noch nie einen Film auf Englisch geschaut.

»Den da!«, sagt Shirley.

In Saal 6, auf Englisch natürlich. Auch der Titel, irgendwas mit wild …

»*Wo die wilden Kerle wohnen* heißt der auf Deutsch«, erklärt Shirley.

»Weiß ich doch«, sagst du. Aber du findest den scheiße. Fußball und so …

»Das sind ja nicht *Die Wilden Kerle,* sondern die Verfilmung von 'nem Buch … «, sagt Shirley.

»Bücher sind scheiße!«, sagst du.

»Da ist was dran«, sagt Shirley. Meistens, aber dieses Mal nicht. Weil dieser Film eine Geschichte ist, die sie oft gelesen hat, als sie klein war. Ein bisschen traurig, ein bisschen unheimlich, aber auch ein bisschen cool. Ob du das Buch denn nicht kennst.

»Ich kann mich nicht erinnern«, sagst du. Ist natürlich voll gelogen, weil du das Teil nicht gelesen hast. Nicht das und auch kein anderes Buch. Niemals, außer in Köln vielleicht. Irgendwas mit einem gelben Bagger. Du hast es mir gezeigt und »Bagger« gesagt. Das war eins der ersten Male, als ich dabei war. Aber seitdem … Sandra hat dir eine Switch zum Zocken gekauft und auch ein Handy, aber kein blödes Buch …

Du hättest deine Fresse mal sehen müssen. Du

hast überhaupt kein Bock auf den Streifen ... aber das bisschen Blingbling in Shirleys Augen reicht und schon kaufst du zwei Tickets. Und ein ganzes Fass Popcorn, zwei Cola, alles mit deinem Geld.

Du willst hinten in der Ecke sitzen.

»Das ist aber ein scheiß Platz«, meint Shirley. Da sieht man ganz schlecht.

Wie ein Vollidiot stehst du da. Nach der Sache mit dem Klo im Mägges hast du doch echt gedacht, dass es im Kino endlich zur Sache geht ... dass der Film nur ein Vorwand wär ... Aber nichts da! Shirley will den Streifen wirklich sehen. Einen scheiß Kinderfilm auf Englisch!

Die macht nur einen auf geile Nutte und so ... aber in Wahrheit? Ein kleines Baby ist sie! Allerdings immer noch hinterhältig genug, um dir das Geld aus der Tasche zu ziehen ... Seien wir mal ganz ehrlich, du bist ja auch ein Vollpfosten! Ohne mich kommst du echt zu überhaupt nichts ... Du hättest ihr im Zug an die Titten fassen sollen ... oder sie an der Kinokasse stehen lassen ... Aber was machst du? Nichts! Du machst überhaupt nichts.

Im Kinosaal steckst du deine Kopfhörer demonstrativ in deine Ohren und starrst hoch zur Decke. Das juckt Shirley überhaupt nicht. Oder sie hat so getan, als hätte sie es nicht gemerkt. Was dich noch wütender macht. Sie stopft bloß Popcorn in sich rein und glotzt Werbung.

Als der Film losgeht, ist das Popcorn fast leer. Shirleys fetter Arsch kommt ja nicht von irgendwoher … Und dann reißt sie dir einfach die Kopfhörer raus, mit beiden Händen aus beiden Ohren gleichzeitig! Du hast es nicht kommen sehen. Ich flippe aus! Oder besser, ich will es. Ich will was sagen, aber dann steckt Shirley ihre fette, feuchte Zunge in meinen Mund bis hinten in den Rachen.

Du nimmst es nicht richtig wahr. Nur den Geschmack von ihrem Piercing, den schon, irgendwie metallisch. Dann hört sie gleich wieder auf, lehnt sich gemütlich in ihren Sitz zurück und starrt wieder Richtung Leinwand. Als würde es dich nicht geben. Nur meine linke Hand, die auf der Armlehne liegt, mit dem Ziel, sie auf ihr Knie rutschen zu lassen … Aber dazu kommt es nicht. Shirley schnappt sich einfach meine Hand und steckt sie sich zwischen ihre Beine. Einfach so … zack … unter ihren Rock und zwischen ihre fetten Schenkel. Nicht ganz oben, aber fast.

Siehst du, ist doch ganz einfach! Würdest du mich nur immer machen lassen … Wenn ich das Kommando übernehme, läuft die Sache! Johnny Chicago hat immer recht, du Arsch!

Dir ist verdammt warm jetzt, du platzt ja fast. Nicht einen Millimeter bewegst du deine Hand. Ich glaub nicht, dass Shirley dich je ranlassen wird, so fest, wie die ihre Beine zusammenpresst. Fast schon wie zusammengeklebt an ihren schwarzen Nylonstrümpfen. Shirley merkt ganz bestimmt, wie unwohl du dich fühlst.

Ohne auch nur eine Sekunde vom Film zu verpassen, zieht sie dir das T-Shirt aus der Hose und lässt ihre Hand darunterrutschen. Sie streichelt dir den Rücken bis hoch zur Schulter. Ihr fällt sofort die Stelle auf deinem Schulterblatt auf. Sie ist nicht besonders dick, weil sie trotz deiner ewigen Rumkratzerei weiter zu heilen scheint.

Langsam fährt sie mit ihren Fingernägeln drüber. Exakt so, wie du es dir erträumt hast. Du machst einen runden Rücken, streckst die Schultern nach hinten, so weit wie nur möglich. Die ganze Anspannung ist wie weggeblasen, genau wie der Porno in deinem Kopfkino. Du bist so … so leer … Nichts kannst du machen, nichts denken … nur noch den Film anschauen. Wie Shirley …

Der Film ist echt Schwachsinn, voll komisch. Geht um so ’n kleinen Spinner. Dauernd ist er als Hund verkleidet, rennt rum, brüllt, geht seiner großen Schwester auf den Sack und seiner Mutter auch. Vor allem wenn sie mal wieder einen neuen Freund nach Hause bringt. Dann läuft der Spinner über den Tisch. Danach gibt’s Prügel … nein, nicht mal das, aber fast. Weggelaufen ist er, mit einem Boot abgehauen. Was für ein Scheiß … Dann landet er auf einer Insel mit Monstern. Irgendwie nett, aber irgendwie auch nicht ... und dann wird der Spinner Chef, na ja, aber dann ...

Im Saal geht plötzlich das Licht an. Shirley zieht ihren Finger aus deiner Wunde, steht auf, zupft ihren Rock zurecht und geht raus. Du steckst dir dein T-Shirt zurück in die Hose und läufst ihr hinterher. Deine Schulter brennt, als würde da was drinstecken. Shirley läuft immer schneller, als würde sie dich abhängen wollen ... Klar, jetzt ist ja alles bezahlt! ... als wär sie wütend. Vielleicht weil der Film so beschissen war. Nicht so wie das Buch. Vielleicht auch einfach nur so. Shirley ist sehr launisch. Du weißt nie wirklich warum ...

Und *Bang!* bleibt sie stehen. Wegen mir, denke ich, um auf mich zu warten ... irgendwie so. Sie dreht sich um, läuft an dir vorbei, als wärst du unsichtbar. In der Ecke, in der Nähe der Spielautomaten, ist der Typ mit der Lederjacke. Dolce & Gabbana steht in fetten Buchstaben auf seinem Rücken.

»Wer ist hier die Hure?«, schreit Shirley ihn an.

Der Typ dreht sich nicht mal um. Er hat nichts gehört oder sich nicht angesprochen gefühlt. Er hat ja auch nichts gesagt ...

Jetzt dreht er sich doch um. Shirley schlägt dem Typen mit der Faust voll ins Gesicht. Nur ein leises Knacken ist zu hören.

»Oh! Scheiße!«, schreit Shirley und hält sich die Hand vor den Mund.

Das Knacken hatte wohl mit der Nase des Typen zu tun. Die ist wahrscheinlich gebrochen oder so. Du siehst sie nicht, der Typ hält sie mit seinen Händen verdeckt. Fette Blutstropfen landen vor ihm auf dem Boden. Shirley brüllt nur noch. Immer lauter, hysterisch. Der Typ sagt immer noch nichts, beugt sich nur möglichst weit nach vorne, um ja nicht seine Jacke zu versauen. Seine Freunde schauen nur blöd aus der Wäsche.

Ich muss mich nicht besonders anstrengen, um den Typ vollständig umzunieten. Ein Schlag in den Rücken und schon ist er auf den Knien. Ein zweiter und er liegt auf dem Bauch. Ich packe ihn am Kragen, habe ihn leicht an, seine Hände lösen sich von seiner Nase, eine einzige Pfütze Blut ist da. Als hätte er sie hingekotzt. Der Idiot rutscht förmlich aus der Jacke raus. Sie ist noch voll okay. Nur ein paar Flecken am Ärmel.

Ich nehme Shirley an der Hand und wir laufen los.

An der Ecke hält gerade ein Bus. Ich ziehe Shirley rein, bis ganz nach hinten, wie in den Filmen. Der Bus fährt los. Du schaust durch die dreckige Fensterscheibe nach draußen. Da ist niemand, na ja, also doch, ein paar Leute auf dem Gehweg. Aber nicht der Wichser mit der blutigen Nase und auch nicht seine Freunde, keine Security, keine Bullen …

Shirley ist ganz rot im Gesicht, außer Atem, sie hält immer noch ihre Hand vor den Mund. Du nimmst sie, ohne zu fragen, ohne zu überlegen. Sie lässt dich machen. Du massierst sie sanft, willst sichergehen, dass nichts gebrochen ist. Vielleicht etwas länger als nötig. Nur ein bisschen zu lang.

»Da wird schon nichts passieren. Der wird zu Hause nur sagen, dass er auf die Fresse geflogen ist und dass er seine Jacke im Kino liegen lassen hat. Oder im Bus. Dann kaufen Papi und Mami ihm eine neue. Die haben sicher Geld wie Heu«, sagst du.

Shirley strahlt übers ganze Gesicht, als wär sie auf Speed. Sie zittert auch, klappert mit den Zähnen, aber nicht vor Kälte ... Du legst ihr die Lederjacke über die Schultern und auch deine Arme. Sie sagt nichts. Ganz langsam ziehst du sie an dich ran. Sie sagt immer noch nichts, zittert nur. Du hast weniger Schiss als davor im Zug, viel weniger. Du hoffst, dass Shirley wieder einpennt und dass der Bus für immer weiterfährt, die ganze Nacht lang. Und noch einen Tag und eine weitere Nacht ... Aber am Forum Royal will sie aussteigen.

SECHS

Kein Alkohol und keine Zigaretten unter 16. Du bekommst trotzdem beides. Eine Flasche Wodka und zwei Packungen Marlboro. Ohne den Perso zeigen zu müssen und blöd angemacht zu werden. Nicht etwa, weil du wie 16 aussiehst, nein, glaub das ja nicht! Du siehst wie ein richtiger kleiner Pisser aus. Es ist den Leuten halt einfach scheißegal. Du musst nur zahlen …

Shirley ist begeistert, klatscht in die Hände und hüpft vor Freude wie ein Kind. Und so sieht sie auch aus, in ihrer viel zu großen Lederjacke, die ihr bis über den Arsch reicht. Ihre Hände sieht man auch nicht mehr.

Ihr lauft in den Stadtpark. Das war Shirleys Idee, sie hat darauf bestanden. Du gehst da nicht gern hin. Zu viele von diesen Megacoolen hängen da ab, die Kiffer, die Dealer, die ganz krassen Typen halt … Sind aber nicht alle so. Einige sind voll okay, ein paar Spackos gibt's immer … und Bullen sicher auch. Sogar die haben mitbekommen, dass im Park gedealt wird. Und darum hängst du hier ungern ab …

Es sind nicht so viele Leute da und trotzdem scheint Shirley sie alle zu kennen. Jeder bekommt ein Küsschen. Bubis, wie frisch aus der Grundschule gerotzt, und wasserstoffblonde Tussis. Auch Penner, die Shirleys Vater sein könnten ... und die müffeln, du willst ihnen nicht mal die Hand geben. Du wirst niemandem vorgestellt und es fragt auch keiner, wer du bist.

Das Gras ist nass. Komm schon, höchstens ein wenig feucht ... Mach doch nicht immer gleich so einen Aufstand ... Los, setz dich hin! Shirley hat sich auch gleich hingesetzt.

Alle können euch sehen. Jeder, der den kleinen Weg an der Wiese langläuft. Genau wie die Leute, die eine Abkürzung durch die Wiese nehmen. Viele glotzen, meistens nur kurz, was dir eigentlich egal sein kann. Aber heut ... blaumachen ... die Sache mit der Jacke ... und jetzt Wodka bechern mit Shirley. Die hält sicher keiner für 16. Shirley sieht das natürlich anders.

Sie raucht eine nach der anderen und prostet den Leuten, die sie etwas zu lang anschauen, mit der Flasche zu. Du hast Schiss vor den Bullen, oder? Du bist so ein Versager! Nichts sagst du. Glaub mir, Shirley hat recht. Ein krasser Typ bist du nicht ... Sie lacht und drückt sich immer wieder an dich. *Du bist cool! Danke für die Jacke,* soll das bestimmt heißen.

Die verarscht dich voll, aber das fällt dir nicht auf. Ihr Geschleimc cntspannt dich. Das und die Hälfte der Wodkaflasche. Du besäufst dich selten. Sicher nicht so oft, wie du bei deinen Jungs behauptest.

Und selten so krass, wie du tust, weil du einfach verdammt mies im Kotzen bist. Und weil du nicht kotzen kannst, wird dir immer schlechter, bis du einfach umkippst. Und das ist wirklich scheiße … Aber ein bisschen besaufen, so wie jetzt, das ist cool.

Du wirst gleich viel gelassener … Sogar deine Hand versuchst du, auf ihr Knie zu legen … Shirley will aber nicht. Lass mich mal ran! Shirley wird ja nie sauer oder so. Ich glaub sogar, dass sie das ganz cool findet. Dass sie nur mit mir spielen will, raufen wie zwei Kätzchen oder so.

Ich leg meinen Arm um ihre Hüfte und versuch, sie näher an mich ranzuziehen. Shirley quiekt wie ein Ferkel, versucht, sich loszureißen, und haut mir die Flasche voll gegen die Fresse. Nicht absichtlich, glaub ich …

Ich lass dich auf den Rücken fallen und beweg dich nicht mehr. So schmerzhaft wars nicht. Ich bin eher überrascht und du bist natürlich ein bisschen erschrocken. Deine Augen halte ich geschlossen. Hörst du sie deinen Namen sagen? Oder sagt sie Johnny? Nur ein einziges Mal und nicht wirklich besorgt, jetzt noch einmal! Nicht deinen Losernamen, aber *Johnny?* Dieses Mal ein bisschen lauter.

Ein Schatten fällt über dein Gesicht. Shirley! Und dann macht sie so ’n Ton. Wars ein kurzes Lachen? Vielleicht. Jetzt setzt sie sich auf dich drauf, aber so richtig, dieses Mal mit gespreizten Beinen … So, wie du es aus Ruis Pornofilmchen kennst. Genau so bewegt sie sich auch … nur langsamer … *John-ny!*

Ich versuch weiter, einen auf bewusstlos zu machen, aber dann merkt sie, dass ich simuliere. Mit beiden Händen drückt sie sich von meinem Bauch hoch und springt auf.

Du fluchst und Shirley lacht. Je mehr du fluchst, desto mehr lacht sie.

»Hast du echt gedacht …? Komm, ich will dir was zeigen!« Shirley streckt dir die Hand entgegen, ich nehm sie.

Sie zieht dich weiter in den Park rein, weg vom Gehweg durch eine Hecke hinter eine Art Holzhütte, wo es nach Pisse stinkt.

»Auf die Knie!«, sagt sie.

»Du kannst mich mal!«, sagst du.

Alles ist voller Schlamm und Papiertaschentücher. Hier scheißen bestimmt die ganzen Penner.

Du lehnst dich gegen einen Baum und zündest eine Kippe an. Shirley legt ihre Jacke auf den Boden und kniet sich drauf. Sie schüttet den Rest Wodka aus und murmelt ein Gebet oder so was. Ich glaub, sie macht sogar die Augen zu. Dann steckt sie die leere Flasche umgekehrt in den Boden. »Zünd mir eine an!«, verlangt sie.

Das ist machbar.

Sie hält die Kippe, ohne dich dabei anzuschauen, und legt sie auf den Flaschenboden. Während sie ausbrennt, schaukelt Shirley hin und her. Als würde sie ein Baby wiegen. Aber da ist kein Baby … Spätestens jetzt solltest du wegrennen, weit weg von dieser Frau. Die ist total irre …

War echt eine beschissene Idee, zusammen mit ihr blauzumachen. Am Ende hast du nichts davon, nur einen Drecksfilm gesehen und eine Menge Asche ausgegeben. Und für dich ist nichts dabei rumgekommen. Nicht mal geknutscht hast du oder so … nur fast, und das ist irgendwie schlimmer als überhaupt nicht. Und das bisschen Geknutsche war so assi … irgendwie unheimlich …

Die Kippe ist aus und Shirley fertig. Sie klopft die Jacke sauber, macht ein Kreuz und geht.

»Meine Mutter …«, sagt sie.

Meine Mutter … als würdest du schon wissen, was mit ihrer Mutter ist. Als müsstest du jetzt fragen … Aber du hast ja genug mit deiner eigenen zu tun …

»Ist deine Mutter eine Hure?«, fragt sie, als du nichts sagst.

Wenn dich das jemand fragt, schlägst du ihn gleich kaputt, normalerweise. Aber normalerweise ist das ja auch keine Frage, bloß Verarsche. Und von ihr lässt du dich ganz sicher nicht verarschen, weil Sandra nun mal wirklich …

»Ist deine Mutter eine Hure, ja oder nein?«

Shirley gibt nicht auf, eine ernst gemeinte Frage

also. Eine simple Frage. Ja oder nein? Mach jetzt etwas, hau ihr eine rein oder antworte!

»Nee … warum?«, fragst du, ohne Shirley dabei anzuschauen. Du willst nicht sehen, wie sie dich auslacht.

»Na … meine Mutter ist eine … war eine. Oder fast … also keine richtige. Sie hat's nicht mit jedem getrieben … mit einem, na ja, zwei Typen oder so … Verstehst du? Aber nicht so richtig … sie hat ihnen einen runtergeholt … auch mal geblasen … verstehst du? Für Kohle. Oder gleich für einen Schuss … Heroin, verstehst du? Meine Mutter war nämlich ein Junkie!«

Shirley Stimme überschlägt sich vor lauter Begeisterung. Sie scheint fast stolz zu sein … Auch irgendwie voll krass, oder? Hure oder Heroinjunkie! Immer noch besser als versoffenes Flittchen … Mit Sandra kannst du nämlich wirklich nicht angeben.

Wann ihre Mutter gestorben ist, willst du wissen.

»Das ist lang her. Vor sieben Jahren wurde sie hier im Park gefunden, früh am Morgen. Genau da, hinter der Holzhütte. Die Spritze hat noch in ihrem Arm gesteckt …«

Woher sie das weiß, fragst du.

»Ich weiß das halt! Und deine Mutter?«

Du erzählst ein bisschen. Viel mehr als überhaupt nötig. Fast so viel, wie du mir erzählst, und du erzählst mir alles. Johnny Chicago weiß alles! Ich bin dein bester Freund, dein einziger! Glaub jetzt ja nicht, dass irgendeine dahergelaufene Tussi …

Aber immerhin erzählst du ihr nichts von mir. Wie wir uns damals in Köln kennengelernt haben … Oder von deinem Vater. Da gibt es eh nicht viel zu sagen. Shirley hat ja genauso wenig von ihrem erzählt. Und gefragt hat sie auch nichts. Väter scheinen kein Thema für sie zu sein.

Du würdest voll gern noch ein bisschen weiterlaufen, im Kreis, immer auf demselben Weg, immer an derselben Bank vorbei. Nach der dritten oder vierten Runde könntet ihr euch vielleicht hinsetzen. Aber Shirley begegnet wieder Freunden. Die Stadt ist voll mit Shirleys Freunden.

Jacques, Denilson oder so. Der eine hat schon mal im Knast in Schrassig gesessen und der andere ist Produzent, sagt Shirley. Dich stellt sie nicht vor, du warst ja bisher auch nirgends. Nicht mal in Dreiborn. Nur in der *Auszeit* … Wenn sie das den Typen erzählt, lachen die dich aus … Sie sind aber ganz okay. Sie machen mit mir sogar so 'n coolen Handschlag. Mit mir, nicht mit dir, ist ja klar.

Shirley gibt mit dem Blaumachen an und sagt, dass alle an der Schule Arschlöcher und Huren sind. Kerschemeyer, Nathalie, die Schäfer, die Molitor … Shirley strahlt übers ganze Gesicht. Dich schaut sie nicht an. Du könntest auch gleich den Zug zurück nehmen. Wär wohl das Beste …

»Jacques nimmt uns mit nach Oetringen. Kommst du mit?«, fragt Shirley dich.

Wo Oetringen ist, willst du wissen. Sie schauen dich alle an, als ob du vom Mond wärst.

»Gleich neben Schrassig. Wo auch sonst?«

»Ah, das Oetringen!«, antwortest du.

War nicht sehr überzeugend, jetzt lachen alle.

»Ah, das Oetringen!«, äfft Denilson dich nach … und haut dir gegen den Rücken, meint es aber nicht böse. Die behandeln dich wie so 'n Öslinger Bauer. Dabei bist du aus Petingen … Du versuchst mitzulachen, es klappt. Gut möglich, dass der Alk noch nachwirkt.

Vielleicht findest du Jacques und Denilson einfach cool. Idioten findest du immer cool. Also fährst du mit nach Oetringen. Na ja … auch wegen Shirley. Obwohl dir so langsam klar wird, wie irre die Braut eigentlich ist. Du hast kaum noch Bock, sie zu vögeln …

Denilson fährt und Jacques dreht sich einen Joint. Du hast schon ein paar geraucht, aber nicht viele, erzählst du ihnen. Auch Shisha. »Und nicht nur mit Tabak drin!«, sagst du.

Es scheint niemanden zu interessieren oder sie haben es einfach nicht gehört wegen der lauten Musik und so. Am Hauptbahnhof holen sie noch zwei Nutten ab, wie Jacques sie nennt. Chanel und Melissa, die auch Shirleys beste Freundin ist, sagt Shirley. Und auch dass sie 21 ist und ein Kind hat – Jason ist bei Oma.

Shirley steigt auf deinen Schoß, um den beiden Platz zu machen.

Was für ein Glück ich doch hab, meint Denilson. »Mit zwei Nutten auf dem Rücksitz!«, ruft er nach hinten.

»Keine Wichsflecken auf dem Sitz!«, schreit Jacques hinterher.

Die Mädels lachen. Shirley reibt ihren Hintern extra fest gegen dich. Melissa greift nach deinem Schritt und ertastet, ob du einen Ständer hast. Hast du nicht, aber sie kichert trotzdem.

Die anderen brüllen. Ich auch, du auch – aus einem Mund. Ein Auto voller Idioten ist cool. Zumindest cooler als deine Mutter, die immer nur heult.

Der Joint ist schnell weg. Nur zweimal hast du dran gezogen.

»Die Nutten haben mir alles weggeraucht!«, sagst du.

Dieses Mal lacht Denilson und Jacques dreht gleich den nächsten. »Nur für uns Männer!«, sagt er und lacht, ich auch.

Die Mädels lachen nicht und Shirley meckert, aber meint es nicht wirklich ernst.

»Halt die Fresse, du dumme Kuh!«, sagt Denilson. Ist auch nur Spaß. Jedenfalls lacht Shirley immer noch, aber am Joint zieht sie nicht und Melissa und Chanel auch nicht mehr. Dafür tuscheln sie irgendwas auf Portugiesisch. Du hast nicht mal gewusst, dass Shirley Portugiesisch kann. Portugiesin ist sie aber nicht, sieht nämlich gar nicht so aus …

Es fängt an zu dämmern, als ihr in Oetringen ankommt. Also eigentlich kommt ihr gar nicht in Oetringen an … du hast keinen Plan, wo ihr seid … Mutfort muss es sein. Zwischen Oetringen und Mutfort, da gibt es so ein Café, sieht aber viel mehr aus wie ein Restaurant. Es ist komplett vom Rest der Welt abgeschottet. Die Rollläden sind runtergelassen, alles ist ganz dunkel und so. Denilson parkt das Auto hinter dem Haus.

»Ist doch zu«, meinst du wie so ’n Vollidiot.

Shirley kneift dich in die Wange. »Häuser hast du noch nie besetzt, was?«, fragt sie.

Nee, hast du wirklich noch nie … du weißt nicht mal, was das heißen soll … ein Haus besetzen … Das stecken wir denen aber lieber nicht. Ich, ich weiß es natürlich, *Pffff!* Aber ich lass dich einfach mit den Schultern zucken. Jetzt wissen sie Bescheid, dass du dich nicht mit so ’ner Kinderkacke abgibst.

Jacques und Denilson haben einen Plan. Du kriegst eine Kiste in die Hände gedrückt und die Mädels sollen die Klappe halten. Denilson hat eine Taschenlampe und Jacques ein Brecheisen.

Die Alarmanlage geht nicht los, das Licht geht

aber auch nicht an. Du sollst die Kiste aufmachen, sagen sie dir. Sie ist voll mit kleinen, breiten Kerzen.

Du zündest sie mit dem Zippo an und reichst sie den Mädels, die sie überall im Raum verteilen. Nach und nach sieht man besser.

Der Tresen und die Gläser, die kleinen Tische mit roten Lampen drauf, drumrum ein paar Sessel und Sofas in den Ecken. Spiegel, sehr viele Spiegel und eine enge, kleine Bühne. Zwei auf zwei Meter vielleicht und nicht höher als dreißig Zentimeter. Drüber hängt eine Discokugel. Vorne auf der Bühne ist auch noch so 'ne glänzende Stange …

Ein Puff, dein erster Puff! Ganz allein bist du drauf gekommen … vor allem wegen der Filme, die du nur im privaten Modus anschaust … Die Stange und drumrum immer eine Menge geiler Schlampen … Du musst gleich an Shirley denken, hast dir vorgestellt, wie sie …

Und dann wird dir plötzlich klar, dass ihr genau deswegen hergekommen seid. Das findest du jetzt gar nicht mehr so cool. Shirley, die Stange und so …

»Die Nutten im Puff!«, schreit Denilson. Alle lachen, du auch.

Jacques reißt die Schubladen unter dem Tresen auf. Er findet nur leere Aschenbecher. Den ersten schmettert er gleich gegen einen der Wandspiegel, er hinterlässt aber nur einen kleinen Riss. Die anderen wirft er uns zu. Er will, dass wir sie auffangen und auch irgendwo dagegenschmeißen. Ich treffe eine der kleinen Lampen auf den Tischen und Melissa wirft einen Aschenbecher durch eine gläserne Tür.

Alle klatschen und Melissa verteilt Luftküsschen. Shirley verfehlt die Discokugel und wird ausgebuht, aber nur zum Spaß. Ich werfe einen zweiten Aschenbecher hinterher. Volltreffer! Ein paar kleine Spiegelstücke fetzen weg, aber die Kugel selbst bleibt hängen.

Ich springe auf die Bühne und hänge mich mit vollem Gewicht an die Discokugel. Dabei schneide ich mir die Hände auf, aber loslassen will ich trotzdem nicht. Dann kracht es und ich lande auf meinen Füßen. Die Discokugel leg ich Shirley auf den Schoß. Alles ist voller Gips und Blut.

Die anderen brüllen, Shirley drückt mir einen Kuss auf die Stirn und alle brüllen noch lauter.

Wir ziehen die Sessel in die Mitte des Raums. Jacques gibt einen komischen Laut von sich, endlich hat er was gefunden. Ein ganzer Karton voll mit Jägermeister.

»Das Zeug schmeckt ekelhaft!«, stellt Shirley fest.

»Ja, aber ist Alkohol!«, antwortet Jacques.

Das finden alle voll witzig. Wir setzen uns in einen Kreis. Eine Flasche geht rum und die Mädels machen »Iiiieh!« und »Bäh!«, aber trinken tun sie trotzdem. Dazu brauchen sie einen Joint, sagen sie.

»Bitte! Bitte!«, sagen sie auch. Denilson bekommt auch einen Kuss oder sogar noch mehr … Und schon fangen sie wieder an zu kichern.

Er hat nichts mehr, sagt Denilson.

»Und Pillen?«, will Shirley wissen.

Pillen hat er noch, aber die sind sauteuer und er kann die nicht einfach verteilen. Er ist doch nicht die Wohlfahrt!

Shirley nimmt noch einen Schluck Jägermeister. Sie sagt, sie würde tanzen, wenn sie eine Pille bekommt.

»Ich auch!«, grölen Chanel und Melissa gleichzeitig. Aber erst die Pillen, sonst würde da gar nichts laufen.

Denilson nuschelt irgendwas von *Bitches* und Jacques sagt, dass Denilson nicht so ’n Drama machen soll.

Du säufst die Flasche Jägermeister leer und schmeißt sie jetzt zusammen mit den Gläsern über den Tresen. Voll viele zerbrechen dabei, aber das interessiert keinen.

Jacques und Denilson ziehen die Sessel vor die Bühne, während Melissa die Kerzen vorne an den Bühnenrand stellt, schön eine neben die andere. Chanel und Melissa flüstern miteinander und trinken noch mehr Jägermeister. Sie brauchen aber Musik und die Pillen, sagen sie.

»Du hast doch Pink auf deinem Handy«, sagt Shirley zu mir. Du sollst es ihnen geben, aber das willst du eigentlich nicht. Jacques und Denilson glauben jetzt sicher, dass du schwul bist, und um dein Handy hast du auch Schiss. Nicht, dass es danach im Arsch ist. Und du hast auch keinen Bock, Shirley tanzen zu sehen vor all den anderen. Also tust du so, als hättest du nichts gehört …

Shirley springt von der Bühne und setzt sich auf deinen Schoß. Sie nimmt dir die Kippe ab, zieht dran und steckt sie dir zurück in den Mund. Dann greift sie dir einfach in die Jackentasche und holt dein Handy raus! Und dabei sieht sie dir die ganze Zeit in die Augen. *Bitte* sagt Shirley zwar nicht, aber es hat so gewirkt, als würde sie … ganz ernst und so …

Als sie aufspringt, lacht sie schon wieder. Sie beugt sich über Denilson, streckt die Zunge raus und er legt ihr eine Pille drauf. Die beiden anderen bekommen das Gleiche.

Das Handy liegt links neben der Bühne auf einem Stuhl. Der Sound ist leider nicht die Härte, wenn er – so wie jetzt – bis ganz aufgedreht ist. Die Mädels reden und lachen oder vielleicht streiten sie auch. Du kannst sie nicht gut hören und kaum sehen. Denilson schreit ständig »Ausziehen! Ausziehen!« und Jacques sagt inzwischen gar nichts mehr.

Endlich kommen die drei nach vorne. Sie haben alle ihr T-Shirt ausgezogen, tragen nur noch ihren

BH. Sie bewegen sich im Rhythmus der Musik, na ja, ungefähr. Chanel und Melissa tun so, als würden sie knutschen. Sie befummeln sich gegenseitig am Arsch und stecken sich die Zunge in den Rachen. Shirley hält die Stange mit zwei Händen fest und reibt sich an ihr hoch und runter, hoch und runter…

Schlecht ist dir. Verfickter Jägermeister und scheiß Kippen. Das kommt schon mal vor. Du fängst an zu schwitzen, dir wird ganz kalt. Du zündest dir noch eine Kippe an – obwohl dir kotzübel ist … oder gerade deswegen? Du weißt es auch nicht mehr.

Die Mädels machen immer noch irgendeinen Quatsch. Niemand hat mehr Bock drauf, du auf jeden Fall nicht und sie auch nicht und Jacques … sogar Denilson geht es so. Und ich auch nicht.

Sie sagen zwar, dass sie Nutten sind, aber nichts passiert! Die Show ist total lahm, zum Kotzen! Und Shirley erst! Ein kleines, dummes Mädchen ist sie … sonst überhaupt nichts … Da kommt sie auch schon an! Was will die jetzt wieder?

Verpiss dich!, willst du sagen, aber du traust dich nicht, um nicht zu kotzen.

Jetzt sitzt sie schon wieder auf deinem Schoß. Sie nimmt einen Schluck Jägermeister, zieht dir deine Kippe aus dem Mund, ganz zärtlich.

Ich weiß, was jetzt kommt, und du auch … Du presst die Lippen ganz fest zusammen, aber Shirley braucht sie nur mit ihrer Zunge zu berühren und schon gehen sie wieder auf. Du verstehst gar nicht warum, wirklich nicht. Bis tief in den Rachen bohrt sich ihre Zunge und die Spitze der Kippe in deine Schulter. Dieses Mal deine rechte.

Dir geht es beschissen, dir wird warm, du bewegst dich nicht. Du explodierst, aber du bewegst dich nicht.

SIEBEN

Du hast Durst, oder? Wohl eher einen dicken Schädel. Ja, davon wacht man immer auf ... und von dem Stechen im Kopf. Migräne halt. Und die wird schlimmer, wenn du deinen Kopf bewegst oder den Arm oder sonst irgendwas. Also lass es einfach. Auch die Augen, vor allem die Augen! Die fallen dir gleich aus dem Kopf. Sie sind trocken wie Sand und jucken an den Lidern. Mach sie bloß nicht auf! Das Licht zerfetzt dir sonst den Kopf! Du brauchst sie sowieso nicht, für dich gibt es nichts zu sehen.

Ab sofort guck ich für dich und sag dir alles, was du wissen musst. Ich weiß alles, was du wissen musst. Und ich sag alles, was du sagen musst. Als wärst du es wirklich, nur in besser. Weil ich weiß alles besser als du. Wenn du das kapierst, würde es dir viel besser gehen. Dir könnte es schon lang besser gehen, wenn du das endlich checken würdest. Wenn du das checkst, ja dann ...

Du hast bestimmt schon gemerkt, dass du nicht in deinem Zimmer bist. Immerhin stinkt es nicht nach kaltem Rauch. Es riecht schon fast nach ... sauber, oder? Desinfektionsmittel und so. Und die Bettwäsche ist nicht so ranzig und verschwitzt wie deine, sondern fühlt sich hart und frisch an. Also ...?

Ein Krankenhauszimmer, du Vollhorst! Da landen all die Loser, die glauben, sie könnten saufen wie die Profis. Zumindest all die Pfeifen, die das Glück hatten, nicht an ihrer Kotze zu ersticken. Zum Glück hast du nichts gegessen. Deshalb hast du nur versifftes Wasser gekotzt, daran erstickt man nicht so schnell …

Weißt du noch? Der Puff in Oetringen? Der Jägermeister, den du nur so in dich reingeschüttet hast. Aus Frust. Deine kleine Shirley, die du vollgekotzt hast … Von ihr hast du gleich noch eine gescheuert bekommen, aber auch daran kannst du dich nicht erinnern.

Sie haben dich die ganze Nacht allein gelassen, in deinem eigenen Dreck, in deiner Kotze, deiner Pisse und Scheiße. Aus allen Poren ist die Brühe gelaufen, aber es war ihnen egal. Und morgens sind sie einfach abgehauen, es muss so gegen sechs gewesen sein. Um sieben kam dann ein Krankenwagen.

Und jetzt? Jetzt bist du hier auf Kirchberg. Sie haben dir den Magen ausgepumpt. Da war zwar nichts mehr drin, aber … egal. Dir muss der Rachen ordentlich brennen. Zwei Krankenschwestern haben dich gewaschen, die eine hätte deine Oma sein können. Ich sag dir mal lieber nicht, was sie so von sich gegeben haben.

Okay, verarscht haben sie dich, aber sie hatten recht. Du warst nur noch ein einziger Haufen …

Nicht, dass du jetzt keiner mehr bist … Aber wenigstens stinkst du nicht mehr …

Die Bullen waren auch schon kurz hier. Sie kommen noch mal wieder. Vielleicht mit Nathalie, vielleicht mit Sandra, vielleicht auch nicht.

Ich glaub, Sandra hätte sich gefreut, wenn du verreckt wärst. Ganz ehrlich. Sie müsste nicht mehr in die Schule, jedes Mal wenn du wieder Mist gebaut hast. Nicht mehr zu den Bullen … nicht mehr ins Krankenhaus … Sie könnte sich auf das Einzige konzentrieren, was ihr wirklich wichtig ist: flachgelegt zu werden. So richtig gut und oft …

Was? Okay, *freuen* ist vielleicht nicht das richtige Wort. Erleichtert passt schon besser. Ist ja auch nicht anders bei dir. Ihr hättet euch beide gefreut, wenn der andere tot wär … äh, sorry, wärt erleichtert gewesen …

Lass die Augen zu, wenn ich es dir sage! Was willst du sehen? Ich sag dir, was abgeht … ein graues sauberes Zimmer und nur ein einziges Bett, dein Bett. Ich weiß auch nicht, warum. Vielleicht ist gerade nicht viel los. Vielleicht wollen sie es niemandem zumuten, mit dir in einem Zimmer zu sein. Wer will schon einen Haufen Elend neben sich? … deswegen auch keine Blumen. Wer würde dir schon welche mitbringen? Sandra bestimmt nicht. Eher noch die Bullen … oder Shirley?

Die war der Grund, warum du die Augen öffnen

wolltest, oder? Um zu sehen, ob deine kleine Shirley da ist. Du bist echt der letzte Vollhorst! Shirley hat dich in deinem Dreck sitzen lassen, um von einem der Typen ordentlich durchgenommen zu werden. Direkt hinter dir auf dem pinken Sofa! Und was für Töne die von sich gegeben hat …

Aber du warst dicht … so was von dicht … Du warst eigentlich schon dichter als dicht. Völlig weggebeamt. Scheintot nennen die Ärzte das. Gar nicht mal so weit weg vom Tod, sagt man. Ach, was hätte sich Sandra gefr… sorry! Was wär sie erleichtert gewesen!

Aber nein, du kommst ja immer wieder zurück. Hast du wenigstens etwas gesehen? Dich selbst, von oben? Dein ganzes Leben, das an dir vorbeigezogen ist? Dein ganzes Scheißleben? Oder einen dunklen Tunnel? Ein grelles Licht, ganz weit am Ende, auf das du zugegangen bist? Und dann? Haben sie dich wieder zurückgeholt mit einem Schlauch, den sie dir durch den Rachen bis nach unten in den Magen gesteckt haben.

Was? Halt's Maul, das sind keine Fragen! Ich kenne die Antworten schon. Und du auch. Ich frag nur, um dich zu verarschen. Rhetorische Fragen nennt man die. Du kannst eh nicht reden. Dein Hals ist ja wie ausgetrocknet, schlucken ist purer Horror. Und um zu reden, musst du schlucken …

Was mit deinem Rücken los ist? Gemütlich ist es für dich sicher nicht … ist ja klar…

Wie, du hast keine Ahnung, weißt nicht, was du am Rücken hast? Natürlich nicht, aber ich weiß es, ist ja auch fast mehr mein Rücken als deiner, verstehste? In Köln war das nicht anders … meiner, deiner … das spielt alles keine Rolle.

Na ja, die Ärzte wissen auf jeden Fall nicht, was du da am Rücken hast. Und genau deswegen ist es ihnen auch ein bisschen peinlich. Die wollen nicht mehr drüber reden … Sie haben versucht, es loszuwerden … rauszuschneiden … aber es ist nachgewachsen, zweimal schon. Also lassen sie es jetzt einfach sein. Sie wissen auch nicht, was in diesen beiden Löchern ist …

Ja, es sind zwei! Das zweite ist ganz frisch … Erinnerst du dich? In Oetringen? Tja, in den beiden Löchern wächst was. Supereklig, ich sag's dir! Voll schleimig … wie so 'n Stumpf … drei, vielleicht vier Zentimeter lang, nicht mehr … Echt abartig! Aber wenn man sie wegschneidet, wachsen sie nach …

Wie gesagt, die Ärzte haben keinen Plan … aber ich, ich weiß, was es ist …

ACHT

Du musst wohl eingepennt sein oder bist ohnmächtig geworden vor Schmerzen. Als du wieder zu dir kommst, ist die Steines da. Nein, Nathalie! Sie schaut dich an, streng wie immer.

»Es ist immer so warm in Krankenhäusern!« Sie zieht ihren Mantel aus, den Stuhl schiebt sie ganz nah ans Bett und setzt sich drauf. Sie hat mal wieder eine ihrer durchsichtigen Blusen an, mit vielen offenen Knöpfen, und einen schwarzen BH drunter.

Du kannst nicht anders und glotzt. Dein Teil ist gleich so hart, es tut fast weh und du hoffst, dass Nathalies Hand unter die Bettdecke rutscht. Nichts da, natürlich nicht. Auch sonst passiert nichts. Sie schimpft nicht, kein Ärger, keine Moralpredigt.

»Wie geht es dir?«, fragt Nathalie nur.

»Gut.«

»Gut«, wiederholt sie und schüttelt ihren Kopf. »Gut.«

Dann sagt sie nichts mehr und lässt dich in ihren Ausschnitt glotzen.

Du schließt deine Augen und machst sie wieder auf. Nathalie ist immer noch da.

Zu und wieder auf. Immer noch.

Was, wenn sie nie geht? Wie geil wär das denn, oder?

Aber dann klappt es doch. Die Bullen sind wieder da. Nathalie steht auf, zieht ihren Mantel an und knöpft ihn bis unters Kinn zu. Bis ganz nach oben. Bevor sie geht, lässt sie noch ihre Handynummer auf einem kleinen gelben Zettel da. Die hat sie schon vorher draufgeschrieben. Die Bullen verabschieden sich von ihr, aber Nathalie antwortet nicht oder du hast es nicht mitbekommen ...

»Wo ist deine Mutter?«, wollen die Bullen wissen.

»Kein Ahnung«, sagst du.

»Elf war abgemacht, jetzt ist schon zehn nach«, sagen die Bullen.

Dass deine Mutter nie pünktlich ist, sagst du. Und dieses Mal klingt es nicht nach einer blöden Ausrede.

Die Bullen sagen nichts mehr, stehen nur da. Der eine schaut aus dem Fenster, der andere starrt dich an. Als wärst du so ein offenes Buch, das er lesen kann. Du machst einfach die Augen zu.

Deine Mutter muss dabei sein, wenn die Bullen mit dir reden wollen. Du bist immerhin minderjährig. Das ist das Gesetz. Was für ein Scheiß! Du bist viel vernünftiger als deine Mutter. Weniger minderjährig. Ohne sie wär die Befragung bestimmt viel lockerer. Verhör, wie sie in den Serien sagen. Und wenn schon ein Erwachsener dabei sein muss, dann doch bitte ein richtiger. Wie Nathalie. Sie ist zwar jünger als deine Mutter, aber viel vernünftiger. Die flennt ganz sicher nicht vor den Bullen. Und fährt dir auch nicht durch die Haare oder nennt dich Schatzi. *Schatzi!* Vor den Bullen! Fünf vor halb kommt sie endlich an.

Die Bullen sind streng und professionell. Keine Arschlöcher, wie alle immer sagen. Also nicht mehr oder weniger als deine Lehrer zum Beispiel. Und auf jeden Fall weniger als die meisten Typen, die deine Alte mit nach Hause schleppt …

Du sollst einfach erzählen, was deiner Meinung nach so passiert ist. Kurz willst du den coolen Macker geben, aber das lässt du dann doch sein. Du hast einen dicken Schädel, die Dinger im Rücken jucken und deine Mutter geht dir wie immer wahnsinnig auf den Sack. Also erzählst du einfach die Wahrheit, so ungefähr, ganz grob und ohne Namen zu nennen.

Du sagst, dass du mit Shirley in der Stadt warst. Ihr wärt zwei Typen begegnet, die euch mit nach Oetringen nehmen wollten. Shirley hätte nicht gewollt, aber du wärst trotzdem mit, zusammen mit zwei Tussis.

»Und Shirley?«, wollen die Bullen wissen.

»Keine Ahnung«, sagst du.

Sie hätte dir gesagt, sie würde zurück in die Schule fahren. Mit dem Zug. Dann hat sie sich verabschiedet und ist gegangen.

»Wer war noch dabei?«, fragen die Bullen.

»Keine Ahnung«, antwortest du. Du kennst sie ja nicht alle. Amir … Almir irgendwas, jugoslawisch. Den anderen haben sie Gangster genannt, sieht wie Bushido aus oder so ähnlich. Eine Tussi heißt Samantha und die andere? Keine Ahnung …

»Aha!«, machen die Bullen immer wieder. Schön brav schreiben sie mit, aber glauben tun sie dir nicht alles. Warum du so Typen wie Jacques Offenbach oder Denilson Martins da Cunha schützen willst. Ob du etwa an ihrer Stelle nach Schrassig möchtest. Oder Dreiborn.

Du antwortest nicht.

Dann schüttelt deine Mutter dich und schreit dich an. Du sagst trotzdem nichts.

»Oder ist es wegen Shirley?«, fragen sie. Dann kannst du nämlich aufhören, weil sie hat sowieso schon alles erzählt. Ziemlich ähnlich wie du, aber halt präziser und mit Namen. Also, allen Namen: Jacques Offenbach, Denilson Martins da Cunha, Melissa Viera épouse Hermes, Chanel Hopp. Und auch Shirley Fortunato, denn sie war auch dabei, bis zum Schluss. Sie wollte auch bei dir bleiben, aber die anderen nicht. Und mitnehmen wollten sie dich auch nicht. Du warst voll mit Kotze und Scheiße …

Höchstens im Kofferraum, hätte Jacques gesagt. Aber was, wenn du abkratzen würdest? Also haben sie dich einfach liegen lassen. Shirley haben sie am

Bahnhof abgesetzt, sie hat den Zug genommen. Von da aus hat sie die 112 angerufen. Die haben einen Krankenwagen geschickt und die Handynummer an die Bullen weitergegeben. In der Schule haben sie sich dann Shirley geschnappt. Und die hat alles erzählt ...

Wo Shirley denn jetzt ist, willst du wissen. Ist dir einfach so rausgerutscht. Was für ein Vollpfosten du bist!

Der Bullenarsch lacht auch gleich blöd. »In der Schule, wo sonst?«, sagt er. »Hoffen wir mal ...«

»Du sollst dich auf keinen Fall mit ihr abgeben!«, sagt deine Mutter. »Das ist kein Umgang für dich. Eine, die sich mit so alten Typen rumtreibt, das ist ...«

Da hörst du nicht mehr zu. Es ist lächerlich, zum laut Loslachen! Deine Mutter! Ausgerechnet sie ... Ich mein, also, wie kann ausgerechnet sie ...? So, wie sie drauf ist? Warum sagt denn niemand was?

Ich glaub, dass es eigentlich die Aufgabe der Bullen gewesen wär zu sagen: *Entschuldigen Sie, aber glauben Sie nicht ... also ... dass Sie, gerade Sie ...?* Aber die haben sie einfach reden lassen. Du auch ...

Halt dein Maul!, willst du zu ihr sagen. Das wär nicht frech, nicht übertrieben. Es wär genau richtig ... Du sagst aber nichts ...

Ob du Anzeige erstatten willst, fragt der zweite Bulle.

Das hast du nicht kapiert. Du hast gedacht, dass die nur da sind, um dich einzubuchten, und plötzlich sollst du der sein, der Anzeige erstattet?

Du antwortest nicht, aber der Bulle gibt nicht auf.

»Am Rücken ... das, was du da hast ...«, fängt er an.

Du sagst immer noch nichts ...

»Die Dinger nerven ja wirklich, wenn du da so draufliegst, oder?«, will er wissen. Wer das denn gemacht hat. Offenbach? Du brauchst keine Angst zu haben, kannst es ruhig sagen, Anzeige erstatten, sonst können die Bullen nicht reagieren. Jacques hat schon mal so was Ähnliches gemacht. Du sollst ... du musst ... du sollst auch an die anderen denken ...

Nichts sagst du.

Deine Mutter heult natürlich wieder und zerrt an dir. Du sollst ihnen endlich antworten! Und gleich danach schüttelt und beschimpft sie dich wieder. Einer der Bullen verdreht sogar die Augen, nur kurz, aber du hast es trotzdem gesehen. Und blöd anmachen wird sie die beiden sicher auch noch. Wär sie doch bloß tot. Ernsthaft jetzt, kein Scheiß. Vielleicht kann sie nicht anders, aber gerade deswegen wär's besser, sie würde verrecken. Auch für sie wär's besser und überhaupt für die ganze Menschheit. Viel besser! Als Mutter taugt sie nicht, null ...

Aber du sagst immer noch nichts ...

Dann steht der erste Bulle auf und der zweite auch. Sie werden einen Bericht schreiben, sagen sie deiner Mutter. Dich schauen sie nicht mehr an. Den Bericht schicken sie zum Jugendrichter. Dann kann es schnell gehen …

Was *es* sein soll, sagen sie nicht. Deine Mutter scheint Bescheid zu wissen, sie weiß, was *es* ist. Oder sie tut nur so, als ob, damit keiner merkt, wie hohl sie ist. Wär ja nicht das erste Mal …

Dann verabschieden sich die Bullen von ihr. Niemand redet mehr mit dir.

NEUN

Komm jetzt!

»Wie, komm jetzt?«

Zieh dich an, wir gehen!

»Gehen? Einfach so? Der Arzt …«

… ist ein blöder Vogel wie alle Erwachsenen. Zieh dich jetzt an!

»Ich kann doch nicht …«

Natürlich kannst du! Du darfst vielleicht nicht, aber du kannst. Seit wann machst du denn nur noch, wozu du die Erlaubnis hast? Willst du lieber, dass die Bullen wiederkommen? Du hast sie doch gerade selbst gehört. Die warten nur noch auf die Reaktion vom Gericht. Und wie die ausfällt, kannst du dir ja denken. Jetzt ist Dreiborn angesagt, definitiv! Und da willst du nicht hin!

»Da will ich nicht hin!«

Da gehörst du auch nicht hin. Nicht mehr!

»Ich … hä?«

Du hast dich verändert. Alles ist ganz anders geworden.

»So schlimm war die ganze Aktion doch gar nicht …«

Wer redet denn schon davon? Dieser kleine Einbruch … Ich mein dich und deinen Rücken.

»Mein Rücken …?«

Na, was da wächst, in den Löchern …

»Was …?«

Du wolltest es doch unbedingt … Jetzt hast du den Scheiß!

»Was …?«

Was was?

»Wie … wie sieht … das denn aus? An meinem Rücken, meine ich.«

Na ja, mich erinnert es an Chicken Wings von Burger King. So ähnlich verbrannt sieht das aus …

»Chicken Wings …?«

So ähnlich, hab ich gesagt … vielleicht nicht ganz gereinigt. Die eine oder andere Feder haben sie vergessen …

»Ich … ich kann das nicht … ich will das sehen!«

Was soll das denn heißen? Glaubst du mir etwa nicht? Ich bin Johnny! Der Johnny! Johnny Chicago! Dein bester und einziger Freund! Wenn du mir nicht glaubst … wem denn sonst? Deiner sogenannten Mutter, für die du nichts weiter als ein lästiger Unfall bist? Dem notgeilen Typen, der kein Gummi benutzt hat und nichts mehr mit dir zu tun haben will? Den weich gespülten Opfern von Lehrern, die dich wie ’n Gehirnkrüppel behandeln? Der kleinen Nutte, die dich in deiner Kotze zurückgelassen hat …

»Shirley hat doch den Krankenwagen …«

… oder deinem einzigen Freund?

»Du …«

Klappe halten! Warum hast du Köln überlebt? Nicht, weil du es draufhast! Du wärst richtig abgekackt allein! Aber ich wusste, was zu tun ist. Was zu denken ist. Und jetzt weißt du, dass ich recht hab. Und ich weiß, dass du es auch weißt. Du hast überhaupt keine andere Wahl! Und ich sag dir … die Chicken Wings … das ist nicht irgendein Spiel. Das kannst du mir ruhig glauben. Guck doch bloß, wie sie schauen, die Ärzte, Bullen … Wie peinlich es ihnen ist, wie sie nicht weiterwissen, keinen Plan haben, was sie sagen oder tun sollen … Die haben keine Ahnung! Nicht ein bisschen, sag ich dir … Aber ich, ich weiß es! Du warst weg, weit weg, und dann bist du zurückgekommen. Ich war erstaunt … aber jetzt versteh ich, warum. Alles hat einen Sinn. Selbst du, ja auch du scheinst neuerdings einen zu haben … Sinn zu machen. Du bist nicht mehr der Gleiche … nicht mehr ganz so gleich wie früher … Du musst etwas tun! Irgendwas. Und zwar jetzt! Du kannst nicht länger hier rumliegen und warten … Auf was überhaupt? Steh auf und hau ab! Du weißt, was zu tun ist … Komm, wir gehen einfach …

Johnny hat recht. Es ist einfach, ganz einfach. Hochkommen ist kein Problem. Ich fühl mich gut, sehr gut, selten hab ich mich so gut gefühlt. Vielleicht sogar so gut wie noch nie. Kein dicker Kopf, keine Magenschmerzen, keine zittrigen Knie. Ich habe ganz klare Gedanken, weiß genau, was zu tun ist. Jetzt ist auf einmal alles total einfach, wirklich.

Im Kleiderschrank liegen saubere Klamotten bereit. Meine Mutter muss die mitgebracht haben. Meine Mutter! Ihre Idee war das sicher nicht. *Und bitte vergessen Sie nicht, Ihrem Sohn saubere Klamotten mitzubringen* … Von allein wär sie da bestimmt nicht drauf gekommen.

Das Komplizierteste ist das Anziehen. Erst das T-Shirt, dann den Pulli. Ich hab echt Schiss wegen der Chicken Wings. Anscheinend sind die ja voll mickrig. Ich schaue nicht nach, weil ich Johnny vertraue, ja, vertrauen muss. Er hat schon recht. Er ist mein einziger Freund. Ohne ihn bin ich gar nichts. Und es ist eh kein Spiegel im Zimmer …

Im Flur sitzt kein Bulle auf einem Stuhl. Ist ja auch kein Film. Ich mach mich einfach davon. Nur beim Vorbeigehen am Aufenthaltsraum der Krankenschwestern muss ich vorsichtig sein.

Ich hab Hunger. Und Durst. Ich muss pissen. Ich hab Bock zu rennen. Ich springe die Treppen vor dem Krankenhaus runter. Ich spüre den Wind in meinem Gesicht. Ich renne über die Straße, den Bürgersteig runter zum Auchan. Bei jedem zehnten Schritt springe ich einmal hoch. Höher und höher und immer noch höher. Fast wie fliegen, also ähnlich, aber auf jeden Fall wie schweben. Zwar nicht lang, kaum eine Sekunde, aber besser als nichts. Ein bisschen fliegen tut gut. Hinten im Rücken kribbelt es.

Im Auchan hab ich Hausverbot, ist mir aber scheißegal.

Scheißegal!

Drinnen geh ich pissen. Dann besorg ich mir ein Brot mit Thunfisch und Mayo. Und eine Cola. 3,42 Euro.

Da, wo es das Zeug für die Küche zu kaufen gibt, hol ich mir ein Messer, und zwar das längste, das ich finden kann. 34 Zentimeter. Die Klinge hat 21,5 Zentimeter. 43 Euro. Ich hab nur noch 5. Also klauen. Dürfte eigentlich kein Problem sein, glaub nicht, dass es an der Kasse piepsen wird.

Ich mach die Verpackung ab und achte dabei auf die Kameras, stell mich so hin, dass sie mich nicht im Bild haben. Das Gleiche gilt für die Securityleute. Das Messer schieb ich meinen Ärmel hoch, die Spitze nach oben gedreht. Dann fällt mir der Griff ganz einfach in die Hand, wenn ich den Arm gerade nach unten streck. Das mach ich natürlich nicht, wenn mir keiner blöd kommt …

»Une bonne journée!«, wünscht mir die Kassiererin. Sie hat mich auch *Monsieur* genannt. Und ich hab *Merci!* gesagt. So richtig französisch hab ich das ausgesprochen. Nicht so *Määrci,* sondern einfach *Merci!* Kerschemeyer hat mal gemeint, dass *Merci!*

richtig ist. Da scheint was dran zu sein, weil die Kassiererin hat ganz süß gelächelt. Sie hat mich nicht veräppelt …

Ich nehm den Bus zum Hauptbahnhof.

Ich muss jetzt schnell machen. Wenn sie sehen, dass ich weg bin, rufen sie Sandra an. Und weil die dann hysterisch und blöd wird, rufen sie gleich die Bullen … Aber die suchen zum Glück nie sofort. Nicht vor abends, wie letztes Mal. Und als Allererstes suchen sie am Hauptbahnhof. Oder im Zentrum. Oder vielleicht in Ettelbrück. Bis heut Abend muss ich weg sein …

Obwohl mir noch Zeit bleibt, vermeid ich den Eingangsbereich vom Bahnhof. Wegen der Bullen. Ich will aber auch sonst niemandem begegnen. Chanel, Melissa … oder die beiden Säcke, die mich sitzen lassen haben. Ob Denilson Shirley wirklich gefickt hat? Wenn Johnny es sagt … Ist aber eigentlich egal! Hätte ich es doch bloß auch gemacht … Wer aber lieber saufen muss …

Ich hätte gleich nach Denilson ransollen. Er hätte sicher nichts dagegen gehabt …

Ich geh durch den neuen unterirdischen Tunnel, der zu den ICEs führt. Einer steht schon da. Einfach einsteigen und in zwei Stunden bist du in Paris, hat Rui gesagt. Er war schon mal da, mit seiner Klasse, der 8MO3, zusammen mit Frau Ferreira. Sie waren auf dem Eiffelturm. Abends im Zimmer haben sie heimlich Bier gesoffen. Dann haben sie sich weggeschlichen und sind ins Moulin Rouge. Da waren ein Haufen hammergeile Nutten unterwegs, hat Rui gesagt.

Einfach einsteigen … Ich könnte es ja mal versuchen, aber die Ticketkontrollen sind anscheinend megastreng. Und Bullen gibt es auch im Zug …

Ich nehm doch lieber den Schnellzug nach Kautenbach. Da muss ich dann umsteigen. Weiter nach Merkholtz und Paradiso. Man muss extra nachfragen, wenn man da rauswill. Aber es fragt nie einer …

Ich hör Pink, die ganze Zeit, immer dieselben Songs in Dauerschleife. Pink geht voll klar.

Ich schau aus dem Fenster, es ist schön draußen. So schön wars schon lang nicht mehr im April, steht zumindest in der Gratiszeitung, die im Zug rumliegt. Gleich vorne auf der ersten Seite. Wenn die das sagen, ist das wohl so.

Ich hab nie aufs Wetter geachtet, ist mir eigentlich scheißegal, aber heut ist es schön, auch am Bahnhof. Die Treppen, die hoch in die Stadt führen, stinken wie immer nach Pisse. Vielleicht ein bisschen weniger als sonst. Vielleicht riechen sie echt weniger …

Ich mach es! Ohne zu zögern! Ich kann es, also mach ich es. Das ist wirklich kein Ding. Da gibt es nicht viel zu planen. Nicht so wie damals, die Sache mit Daniel. Ich geh einfach rein und … Es muss schnell gehen.

Ich muss nicht links und rechts schauen und … doch, ich muss schon links und rechts schauen, nur ablenken lassen darf ich mich nicht. Das Messer trag ich immer noch an derselben Stelle. Erst im allerletzten Moment darf ich es zücken, weil Panik und so kann ich jetzt echt nicht brauchen …

Unten bei der Kreuzung rauch ich noch eine, weil da ist noch nicht Schulgelände. Also darf ich! Hier konnte die Lanners nicht meckern, dass man nicht rauchen darf. Wir haben uns zum Rauchen immer absichtlich genau hierhingestellt. Und nachdem sie sich umgedreht hat, haben wir einen Fuß in den Hof gesetzt … Ach, die Lanners … Nach einem Jahr war sie weg …

Ich geh langsam den Berg hoch, um nicht zu schwitzen. Die Messerspitze hab ich unters Band meiner Uhr geklemmt. Ständig pikst es in mein Handgelenk …

Wer sich die Pulsadern aufschneiden will, soll es bitte richtig machen. Keine halben Sachen, das machen nur Opfer. Die, die gefunden werden wollen, und zwar rechtzeitig, sagt Shirley.

Ich weiß auch noch genau, wo sie das gesagt hat. Beim Rauchen hinter dem Container. Shirley hatte eine schwarze Kapuzenjacke an, dazu eine graue Sporthose. Und der Reißverschluss der Jacke war weit, ja, sehr weit auf. Jedes Mal, wenn sie sich gebückt hat …

Auf dem Schulhof ist keiner. Doch, zwei Arbeiter, die irgendwelche Platten verlegen. Aber sie schauen mich nicht an. Sie haben Schiss, schämen sich, haben vielleicht selbst Kinder hier …

Ich schau geradeaus. Links und rechts sind Klassenzimmer. Da haben einige Leute nichts Besseres zu tun, als aus dem Fenster zu glotzen und irgendeinen Blödsinn zu blöken. Nur, um cool zu sein. Ich würde das auch cool finden, aber heut nicht, heut will ich nicht gesehen werden. Nur schnell rein und raus …

Ich könnte von hinten rein. Da würden mich weniger Leute sehen. Aber erst will ich durchs Fenster einen Blick ins *Auszeit*-Zimmer werfen. Mal schauen, wer da ist. Ich weiß den Stundenplan immer noch nicht auswendig.

Ich entdecke den Kerschemeyer. Er sitzt mit seinem Arsch auf dem Pult, redet, keine Ahnung mit wem. Die Fensterscheiben spiegeln zu sehr. Kerschemeyer wackelt komisch mit dem Kopf, links, dann rechts, wieder links. Er redet mit mehreren Leuten …

Ich kann nur hoffen, dass der Pförtner nicht da ist … Er ist da, liest Zeitung. Er hat bestimmt gemerkt, dass ich reingekommen bin, dass irgendjemand reingekommen ist: Ein Schüler. Einer von 1500. Ist ihm scheißegal …

Ich lauf zweimal nach rechts. Die fünfte Tür ist es …

Es ist still in der *Auszeit*. Addis macht keinen Scheiß, Shirley auch nicht. Ich will klopfen, mich umdrehen und gehen. Bis jetzt ist ja noch nichts passiert. Und wenn ich gehe, würde es auch so bleiben. Aber … irgendwas muss doch passieren.

Ich drück die Klinke nach unten, bleib mitten im Türrahmen stehen.

Kerschemeyer hat mich noch nicht gesehen. Er steht hinter so einer Trennwand, hinter der zweiten, der von Shirley. Er erklärt ihr gerade was.

Addis ist ganz auf seine Matheaufgabe konzentriert. Die Spitze seiner Zunge steckt zwischen seinen gelben Zähnen. Er sieht wie so ein echter Vollassi aus … so hohl …

»Hey«, sagt der Kerschemeyer.

Ich hab mich gefragt, was er wohl sagen wird, wenn er mich sieht. Wenn ich einfach ins Klassenzimmer komm … Vielleicht so was wie *Was machst du denn hier?* Oder *Du hast hier nichts mehr verloren!* Oder so … Aber … *Hey!?*

»Hey«, antworte ich, wie so 'n Arsch.

Ich beweg mich nicht, Kerschemeyer auch nicht. Er schaut mich an, lacht freundlich. Warum ist denn jeder so scheiße freundlich zu mir? Das ist nicht normal …

Addis hat's inzwischen auch gecheckt. Ja, die dumme Sau lacht, scheint ja richtig glücklich zu sein, mich zu sehen … Shirley hat's noch nicht gerafft oder sie ist die Einzige, die mich nicht sehen will.

»Willst du nicht reinkommen?«, fragt Kerschemeyer.

Ich mach einen Schritt nach vorne. Einen einzigen.

»Ich bin hier, um Shirley abzuholen!«

»Ah?«, macht Kerschemeyer. Angst hat er wohl immer noch nicht …

»Was für ein Arsch!«, sagt Shirley hinter der Trennwand. Sie meint sicher den Kerschemeyer. Sie streckt ihren Kopf hinter der Trennwand vor. Ihre Haare hat sie zu einem Pferdeschwanz nach hinten gekämmt. Die Augen sind ganz schwarz angemalt.

»Was willst du hier, du Arsch?« Jetzt redet sie aber ganz sicher mit mir.

Ich sag ihr, was ich will. Was ich schon den ganzen Tag will. Dass ich sicher weiß, was ich will, und zwar ganz genau und ganz klar. Seit mich die beiden … na ja, die beiden Dinger im Rücken piksen. »Bin hier, um dich mitzunehmen.«

Shirley lacht. Kerschemeyer auch. »Wie süß!«, sagt das Arschloch. Als wär ich der letzte Vollidiot.

»… wir gehen, wo auch immer du hinwillst«, verspreche ich Shirley.

Mir ist unfassbar warm und ich krieg schlecht Luft. Ich muss schon wieder aufs Klo. Gleich geht alles in die Hose, aber ich kann mich nicht bewegen, Kerschemeyer auch nicht. Ihm scheint es jetzt auch nicht mehr gut zu gehen. Er ist blass im Gesicht, nicht rot, eher gelb. Er starrt auf meine rechte Hand, die ich hoch in die Luft halte.

Ich seh das Messer, das Blut. Ich weiß nicht, wie das Messer in meine Hand gekommen ist. Und das Blut, das Blut ist meins. Ah, das Handgelenk … nicht schlimm.

Ich streck den Arm. Das Blut läuft in den Ärmel. Nicht ein Fleck am Boden.

Der Kerschemeyer steht jetzt genau vor mir. Wenn ich den Arm ausstreck, könnte ich ihn berühren, vielleicht. Ganz vielleicht nur, mit der Spitze, aber ich beweg mich nicht. Bis jemand an mir zerrt, sagt, dass ich kommen soll. Es ist Shirley. Sie hat ihre Jacke an, zieht mich durch den Flur. Ich seh meine Hand, die immer noch blutet, aber das Messer ist weg. Shirley hat es wohl genommen, hat es vielleicht weggeschmissen.

Ich hab keine Ahnung, ich weiß auch nicht, wo wir hingehen. Ich lass mich ziehen. Ich schau nicht hoch, ich will nicht. Ich seh nur Shirleys Beine und ihren geilen Hintern. Weiter nach oben schau ich nicht … Alles sehr tussig verpackt, in so durchsichtigen Strumpfhosen, und der Rock ist hochgezogen wie ein Gürtel.

Ich seh auch Treppen, Türen, die auf- und zugehen. Plötzlich sind wir draußen. Es tut gut, draußen zu sein. Nur muss ich wirklich dringend aufs Klo. Und ich hab Bock, eine zu rauchen, das sag ich Shirley. Und auch, dass ich sie mag …

Sie hört nichts, zieht weiter an mir. Ich reiß mich los, ich lass mich doch nicht von einer Tussi rumschubsen. Johnny würde mich verarschen und hätte auch recht damit. Es wundert mich, dass er noch nichts gesagt hat.

Ich mach mir eine Kippe an, versuch erst mal zu verstehen, wo wir überhaupt sind. Ich schau Shirley direkt in die Augen, sauwütend ist sie. Aber das ist mir scheißegal.

Sie sagt nichts und betritt den Friedhof.

Ich wart ein bisschen und folg ihr dann.

ZEHN

Ich scheiß ungern unter freiem Himmel. Das macht alles viel komplizierter und anstrengender. Aber jetzt muss es einfach sein. Hier, gleich neben dem Haus, hinten beim Friedhof. Kapelle oder so. Da, wo die Leute stehen, wenn jemand begraben wird. Wie letztes Mal bei Onkel Serge, dem Bruder von Sandra. Er ist mit dem Auto voll gegen einen Baum geknallt. Einen Golf V6 hatte der, mit 300 Pferden. Ein paar Mal durfte ich mitfahren. Das war vielleicht cool! Mit richtigen Lautsprechern unterm Sitz. Der Bass hat voll in der Magengrube vibriert …

Und dann war er tot. Einfach voll gegen den Baum gefahren. 180 Sachen hatte er drauf, mindestens, haben die Bullen gesagt. Und gesoffen hatte er auch. Aber nicht viel, nicht genug, um gegen den Baum zu knallen auf gerader Strecke. Vielleicht wars auch ein bisschen Absicht …

Sandra hat geweint … Sie mochte ihren Bruder nicht besonders, aber gut … Ich war auch traurig. Nur ein wenig … hab ihn ja nicht gut gekannt … Aber das ist irgendwie ansteckend: Wenn jeder heult, dann … Und ich war ja auch noch klein … zwölf oder so. Seitdem ist niemand mehr gestorben …

Mir geht's inzwischen viel besser und das Blut ist auch weg. Ich hab einen Wasserhahn gefunden, aus dem kaltes Wasser kommt. Ich muss wohl kurz durch den Wind gewesen sein, kann mich nicht mehr erinnern, was ich getan habe. Und wie es passiert ist …

»Warum hast du Kerschemeyer nicht das Messer in den Bauch gerammt?«, will Shirley wissen.

…

»Wär bestimmt cool gewesen! Dann hätte es gespritzt und so … « Shirley ist ganz aufgeregt.

»Ja, aber Kerschemeyer ist doch nett …«, sag ich.

»Ja, wär trotzdem cool gewesen«, sagt sie.

»Cool wär's auf jeden Fall gewesen«, sag ich.

Dann ist Ruhe.

Shirley sitzt auf einem Grabstein und raucht. Sie schaut komisch zu mir rüber.

»Was?«, sag ich ziemlich laut und aggressiv. Fast so, als würde Johnny reden, mit derselben Stimme sogar. Shirley hat aber so schnell keinen Schiss vor Johnny.

Ob das denn alles stimmen würde, will sie wissen.

»Was?«, frag ich.

»Alles, was du so gesagt hast?«

»Was hab ich denn gesagt? Wann? Wo?«

»Vorhin in der Schule. Und auf dem Weg hierher …«

»Was?«

»Kannst du dich etwa nicht mehr erinnern?«, fragt sie.

»Was? Hä? Nee … also doch … ja …«, antworte ich.

»Was … ja?«

»Ja, das stimmt schon …«

»Ja?«

»Ja!«

»Alles?«, bohrt sie nach.

»Was alles? Ja …«

»Du verarschst mich!«

»Nee …« Ich schüttle den Kopf.

»Wirklich nicht?«

»Nein … es ist … ich hab … ich hab da diese Chicken Wings …«

»Chicken Wings?«, quiekt Shirley.

»Ja … hinten am Rücken … und … in diesen Löchern, die … die du mir …«

»Ah … zeig her!«

»Ja … nein … nicht hier …«

Ob ich einen Kuss will, fragt sie.

Ich schüttle den Kopf.

»Was machen wir denn hier, du Arsch?«, fragt Shirley. Sie steht auf und klopft sich Gras von der Strumpfhose.

»Wenn wir hierbleiben, finden uns bald die Bullen und du landest in Dreiborn. Du hast mich gezwungen mitzugehen. Vielleicht glauben sie das, aber wahrscheinlich eher nicht. Ich muss dann gleich nach Schrassig und da bekomm ich aufs Maul … Und übrigens wirst du in Dreiborn voll in den A…«

»Ich weiß, ja … Aber nach Dreiborn geh ich nicht. Und du nicht nach Schrassig …«

»Okay«, sagt Shirley. Sie sieht mich einfach so an. Nicht frech. Nicht so zuckersüß verlogen. Das kann sie echt gut. Auch nicht so nuttig angegeilt. Einfach nur so, wie Mädchen in ihrem Alter eben schauen. Also die normalen Mädchen von normalen Eltern …

»Phantasialand!«, platzt sie heraus.

»Hä?«

»Komm, wir gehen ins Phantasialand!«

»Warum Phantasialand?«

»Da war ich noch nie … und du hast gesagt, dass wir gehen, wohin ich will …«

»Ja, aber …«

»Du hast es gesagt!«

»Ja … okay …«

Und schon klebt sie an mir, drückt mich ganz fest. Und küsst mich, aber nicht so schleimig, einfach so, fest auf den Mund.

Ich kann nichts sagen. Was hätte ich auch sagen sollen?

ELF

Es stinkt nach Pisse, Bier und Rauch. Kalt ist es auch, aber dafür trocken. Die Matratze ist megaranzig. Ich leg mich einfach drauf, auf den Bauch, Gesicht auf meine Arme, Hauptsache, nicht die Matratze berühren. Nur nicht dran denken, was und wer alles schon auf dem Teil ausgelaufen ist. Die Matratze in Köln hat ähnlich gerochen. Da wars mir aber egal. Vielleicht auch nur, weil alles dadrauf von mir war …

Die alte Fabrik war meine Idee. Ab jetzt machen wir, was ich sage. Und die alte Fabrik ist besser als gar nichts. Die Fenster sind zwar alle kaputt, aber es regnet nicht rein. Und wir sind allein. Normalerweise kommt die halbe Schule hierher, vor allem die kleinen Pisser. Zum Rauchen, Saufen, Pornosglotzen und Wichsen. Die Bullen kennen den Ort auch. Sie haben uns hier schon oft rausgeschmissen. Hier wär es gefährlich, weil alles baufällig ist und der giftige Staub und so, haben sie gesagt …

»Wann gehen wir ins Phantasialand?«

»Morgen …«

»Wirklich? Wie cool!« Shirley sitzt neben mir und streichelt mit ihrer Hand meinen Rücken. Wobei streicheln vielleicht etwas übertrieben ist. Die Hand fährt hin und her, so ein bisschen mechanisch … Shirley ist nicht ganz bei der Sache.

Als ich sie frage, ob sie meine … meine *Dinger* im Rücken spürt, reagiert sie nur mit »Hm!« … Sie ist in Gedanken sehr weit weg, vielleicht im Phantasialand, vielleicht bei ihrer Mutter. Vielleicht ist ihr krankes Hirn auch einfach nur ausgeschaltet … Das ist mir eigentlich egal … solang ihre Hand einfach weiter hin und her fährt …

»Wie kommen wir dahin?«

»Mit dem Auto. Wie sonst?«, sage ich.

»Aha …«

Das sollte cool klingen, tut es aber nicht. Shirley ist trotzdem richtig beeindruckt. So beeindruckt, dass sie es nicht verstecken kann. Zum ersten Mal erkennt sie mich als Macker an. Ein richtiger Macker! Ich sag nichts und lass sie reden …

»Ich bin müde …«

Ich auch, verrat ich ihr aber nicht. Ich sag nichts, genauso, wie coole Macker das halt machen. Die coolen sagen nichts oder ganz wenig …

Shirley pikst mir voll zwischen die Rippen, damit ich Platz mach. Ich soll mich gefälligst auf die Seite drehen … Sie schmiegt sich an mich, ganz fest. Wie die Löffel bei uns in der Küchenschublade. Sandra legt sie immer so rein, einen in den anderen, ganz fest aufeinander, auf Kante, so fest, dass sie nicht umfallen können. Das ganze Haus sieht wie ein Saustall aus, aber die Löffel, ja, die legt Sandra ganz … Na ja, genau so hat Shirley sich auch hingelegt, ganz fest gegen mich gedrückt. Den Kopf auf meinem linken Arm, ihren Rücken gegen meine Brust gedrückt. Ihren dicken Arsch gegen … na ja gleich da, wo … Meinen rechten Arm hat sie um sich gelegt und meine Hand unter ihre Bluse auf ihren nackten Bauch. Weich, schwabbelig und megawarm ist es da.

Ich will meine Hand wegziehen, so warm ist ihr Bauch. Aber Shirley lässt nicht los, ganz fest hält sie meine Hand. Und schiebt sie sogar noch ein bisschen weiter nach unten. Bis meine Fingerspitzen unter dem Bund ihrer Strumpfhose eingeklemmt sind …

Mir wird warm, sehr warm, einen Ständer hab ich auch. Der ist so hart, es tut sogar weh. Shirley bemerkt es und sagt nichts, keine dumme Bemerkung oder so. Sie drückt sich noch ein wenig fester an mich.

»Und wo kriegen wir ein Auto her?«, fragt sie.

»Hä? … ah, finden wir schon …«

»Du meinst wohl, dass wir eins klauen …«

»Was? … ja, morgen klauen wir ein Auto …«

»Cool!«

»… und dann fahren wir ins Phantasialand!«

»Cool! … ist es weit bis dahin?«

»Weit? Weit … ähm, nö … weit ist es nicht«, sage ich.

»Wie weit ist nicht weit?«

»Oh, nicht weit ... so zwei, drei Stunden, glaub ich ...«

»Wie, glaubst du? Weißt du nicht, wo's Phantasialand ist?«

»Doch, doch! Da bei ... Köln. Es ist nur ... ich glaub, es hängt auch vom Verkehr ab, wie lang wir brauchen ... bis dahin ...«

»Ja ... klar ... Warst du schon mal da?«

»Ich? Nee ...«

»Und in Köln?«

»In K... Warum .... ? Was hätte ich da machen sollen?«

»Nichts ... einfach so. Ich frag ja nur ... wegen dem Weg ... Ich mein ... weißt du, wie wir fahren müssen?«

»Nein, ist aber kein Problem. Wir klauen einfach ein Auto mit Navi. Ich weiß, wie man das einstellt.«

»Supercool.« Wie Shirley dann lacht. Richtig süß. Und meine Arme an sich gepresst. Und dann sagt sie nichts mehr. Sie pennt einfach ein. Wie lang sie schlafen wird, keine Ahnung. Aber sicher lang.

Draußen wird es dunkel und bei uns drin auch. Es kommt keiner rein, das wundert mich. Niemand, der nach der Schule eine rauchen will. Oder ein paar Fenster kaputt schießt ...

Die Bullen kommen auch nicht. Die suchen uns doch bestimmt. Dieses Mal ganz sicher, wegen Entführung mit Waffengewalt. Ist doch ein guter Grund, um nach mir zu suchen. Außer natürlich, wenn der Kerschemeyer die Sache anders sieht und den Bullen sagt, dass alles nicht so schlimm war. Oder die verfickte Molitor keine Aufmerksamkeit erregen will. So nach dem Motto, dass es bei ihr in der Schule keine Messerstecher gibt.

Aber vielleicht suchen die Bullen uns ja trotzdem, überall, in der Hauptstadt, in Ettelbrück, nur nicht hier. Weil die dumm sind. Oder sie glauben, wir wären nicht so blöd, uns hier zu verstecken. Ein paar Hundert Meter neben der Schule. Wir haben aber unsere Handys ausgeschaltet, komplett aus. Dann finden sie uns nicht. Hab ich mal im Fernsehen gesehen.

Mir ist saukalt, aber nur hinten, am Nacken, am Arsch und an den Füßen. Vor allem an den Füßen. Wie zwei Stück Holz, ich kann sie nicht bewegen, sonst weck ich Shirley … Das ist ja nicht normal … so viel pennen … Aber sie hält mich warm, vorne. Meine Nase zum Beispiel, die ist sonst immer kalt. Aber jetzt nicht. Ich vergrab sie unter Shirleys Haaren, da ist es warm, sogar heiß. Meine Brust und mein Bauch sind auch heiß. Als wär ich vollgestopft mit glühend heißen Kartoffeln. Und die ganze Hitze zieht hinten durch meinen Rücken raus. Das ist wegen den Löchern. Als … ja, als würden diese Dinger im Rücken die Hitze irgendwie aufsaugen. Und immer größer werden … wie mein Schwanz, eingeklemmt zwischen Shirleys Arschbacken. Dick und hart, immer noch oder schon wieder, weil ich pissen muss.

Aber ich kann nichts machen. Nur hier liegen und Shirley festhalten. Und hoffen, dass sie irgendwann wach wird …

ZWÖLF

»Mir ist kalt!«, sagt Shirley.

»Mir auch.«

»Ich hab Hunger.«

»Ich auch«, sage ich.

»Du hast gesagt, wir fahren ins Phantasialand!«

»Morgen fahren wir …«

»Ist denn nicht schon morgen?«, fragt Shirley.

»Nein. Es ist noch dunkel.«

»Hab ich lang gepennt?«

»Weiß nicht. Ja schon … ein, zwei Stunden …«, sage ich.

»Mir ist kalt …«

»Mir auch.«

»… und ich muss pissen, ganz dringend.«

»Ich auch …«

»Wo kann man hier …?«, will Shirley wissen.

»Was?«

»Pissen! Was sonst?«

»Überall! Wo du willst …«

»Gibt's hier kein Klo?«, fragt sie.

»Doch, aber das ist dermaßen ekelhaft, vollgeschissen und so was. Piss lieber in die Ecke.«

»Du darfst aber nicht gucken.«

»Okay. Ich nehm so lange die andere Ecke …«

»Wo?«

»Da. Siehst du?«

»Du bleibst aber hier?«

»Natürlich. Ich geh nur bis da zur Ecke …«

Ich hab nichts gesehen, hab es nicht mal drauf angelegt. Warum auch? Was soll so geil dran sein, einem Mädchen dabei zuzuschauen, wie sie pisst …

»Ich hab Hunger!«, sagt Shirley.

»Ich auch.«

»Die Tanke ist doch gleich nebenan, oder?«

»Ich hab überhaupt keine Kohle mehr …«

»Ich auch nicht, aber wir müssen ja nicht zahlen.«

»Um die Zeit ist nie jemand da. Dann fällt es voll auf, wenn du versuchst zu klauen …«

»Wir haben doch ein Messer!«

Shirley hat es also wirklich mitgenommen. Es ist in ihrer Tasche, sie schwingt damit rum, macht dabei komische Geräusche wie *»Hu!«* und *»Ja!«* und so. Wie in den Karatefilmen …

»Ich ramm es der Tussi hinter der Theke in den Bauch und dann nehmen wir uns … Nein, besser, ich schneid ihr die Kehle auf, dann spritzt das so raus … das Blut, weißt du? … so stoßartig … und dann holen wir uns das Geld aus der Kasse und dann die Schokolade, ein paar Flaschen und … Was?«

»Die Bullen suchen uns …«, sage ich.

»Und?«

»Dann ist es vielleicht nicht ganz so eine gute Idee, sich auf einer Tanke zu zeigen. Da wird immer alles gefilmt und so …«

»Du hast Schiss!«, sagt Shirley.

»Gar nicht!«

Ich schreie, gehe einen Schritt auf Shirley zu und hebe meine rechte Hand. Warum? Keine Ahnung! Nicht, um sie zu schlagen. Ich glaub nicht. Eher, weil sie mich beißt, am Rücken, rechts, aber auch links. Das zwickt richtig. Als würde da was aus meinen Schultern rauswachsen. Das macht mich nervös. Shirley merkt das und hört auf, mich zu verarschen, sofort. Aber sie ist immer noch hungrig, das sagt sie jetzt schon zum dritten Mal. Irgendwas muss ich machen …

»Ich ruf Nat… die Steines an …«, sage ich.

»Die ruft doch sofort die Bullen!«

»Ich weiß nicht … Ich glaub nicht. Die hat es nicht so mit den Bullen …«

Shirley sagt nichts. Keine Ahnung, warum. Es ist so dunkel, dass ich nicht mal ihr Gesicht erkenne. Vielleicht schmollt sie, ist eifersüchtig. Vielleicht weiß sie einfach nicht mehr, was sie tun soll. Vielleicht bin ich an der Reihe, etwas zu tun …

»Ich ruf an …«

…

»Wo seid ihr?«, fragt Nathalie.

Es hat nicht mal geklingelt.

»Wo seid ihr?« Sie klingt wütend, aber auch ein bisschen besorgt, richtig besorgt.

»Nicht die Bullen rufen …«

»Wo seid ihr?«

»Ich will nicht nach Dreiborn …«

»Scheiße, Mann! Wo bist du?«

»… und Shirley nicht nach Schrassig.«

»Ich rufe keine Bullen. Wo seid ihr?«

»Ihr ist kalt. Shirley. Und mir auch … Bitte rufen Sie nicht die Bullen!«

»Wo seid ihr? Ich komme euch abholen.«

»Ohne Bullen?«

»Ohne Bullen …«

»Versprochen?«

»Versprochen! Wo seid ihr?«

Ich sag ihr, dass wir hinter der Fabrik warten.

DREIZEHN

Ich hätte nicht gedacht, dass es so klappen würde. So, wie Nathalie es gesagt und versprochen hat. Aber genau so war es. Keine Bullen, kein Geschrei, nicht mal Vorwürfe. Niemand hat was im Auto gesagt. Ich wollte irgendwas wie *Cooles Auto haben Sie!* sagen, aber das hab ich dann bleiben lassen. Obwohl es wirklich cool ist, ein roter Seat. Mit teurer Anlage … nur schade, dass sie aus war.

Nathalie wohnt in Wintger. Im Treppenhaus riecht es noch nach neu. Wir müssen ganz leise sein und die Schuhe ausziehen, bevor wir reingehen.

Die Wände sind orange und weiß und alles ist voll mit Pflanzen. Der Boden sauber, sogar in der Küche. Und sonst ist keiner da. Nathalie hat gerade wahrscheinlich keinen Freund.

Shirley soll duschen, sagt Nathalie, weil ihr immer noch kalt ist. Schön lang und warm soll sie duschen.

Shirley meckert nicht und geht einfach.

Ich krieg einen Tee. Ob ich Zucker oder Milch will.

Keine Ahnung. Ich hab noch nie Tee getrunken. Das sag ich ihr aber nicht. »Nee«, sag ich, ganz einfach.

»Nein danke!«, sagt Nathalie.

»Nein danke!«, sag ich sofort, werd rot und Nathalie lacht. Ich glotz ihr in den Ausschnitt und werd noch röter. Ich lenk meinen Blick schnell zum Küchentisch.

Nathalie lässt mich allein. Ich hör Türen auf- und zugehen, Schranktüren, die zuknallen. Die Dusche läuft einfach weiter. Und Nathalies Stimme. Wenn ich an Nathalie denk, krieg ich immer gleich einen Ständer. Meistens stell ich mir vor, wie wir es treiben. Manchmal stell ich mir auch vor, dass Nathalie meine Mutter ist. Oder zumindest meine große Schwester … Und dann … dann ist es anders … es wär auch alles anders geworden, wenn …

»Ich hab Shirley ein paar von meinen Sachen gegeben … Zeug, das mir zu klein geworden ist …« Nathalie lacht schon wieder. Ich bin immer noch rot im Gesicht.

»Hungrig?«

»Ja, mega …«

»Dann komm und hilf mir!«

Ich soll mir die Hände waschen. So ’ne Schürze will ich nicht anziehen. Ich muss einen Topf mit Wasser füllen und Salz reinmachen. So ’n Suppenlöffel voll mit grobem Salz. Nathalie hackt Zwiebeln und Knoblauch. Davon muss man heulen und sie bringt ihre Schüler nur ungern zum Heulen, sagt sie. Ich glaub, dass es ein Witz sein soll. Ich grinse dann auch irgendwie. Ich muss das Gemüse waschen und klein schneiden. Tonnen! Also Tonnen von verschiedenem Gemüse. Und bei jedem einzelnen sagt sie mir die Sorte. So, wie Lehrer das halt machen, in diesem blöden Ton. Als wär ich ein Gehirnkrüppel.

»Das ist eine Zucchini oder auf Französisch Courgette. Und das ist Broccoli. Und das ...«

Es hätte nur noch gefehlt, dass ich die Worte wiederholen soll ... Ich sag nichts, werd nicht mal richtig wütend. Vielleicht wars ja nicht mit Absicht. Lehrer, Erzieher ... die sind halt so ...

Nathalie wirft alles in eine Pfanne und kippt Tomatensoße drüber. Die Nudeln und das Wasser kochen nur so drauflos und wir trinken Cola. Ich sage nichts, Nathalie auch nicht. Zum Glück taucht Shirley auf. Ihre Haare sind noch ganz nass und hängen ihr ins Gesicht. Und von den Spitzen tropft es auf ihre weiße Bluse und hinterlässt dunkle Flecken ... Eigentlich ist es Nathalies Bluse, eine von den durchsichtigen. Sie ist Shirley zu groß, vor allem vorne. Da fehlt es an Füllmaterial. Aber sie ist genauso weit geöffnet ... Und die Jeans hält auch nur mit Gürtel ...

Shirley fängt sofort an, mit Nathalie zu quatschen. So voll, als wären sie Freunde. Dumm lachen und Nathalie duzen, das macht sie auch. Und die sagt nichts, überhaupt nichts. Sie grinst nur ein bisschen. So, wie Leute eben grinsen, wenn meine M... wenn Sandra redet. Bisschen peinlich berührt und mitleidig.

»Essen ist fertig!«

»Können wir noch eine rauchen?«

»Die Nudeln sind bereits ...«

»Komm schon, Nathalie! Bitte ...«

»Auf dem Balkon aber. Ich komme mit ... Willst du auch eine?«

Natürlich will ich auch eine. Aber das Ganze kommt mir immer merkwürdiger vor. So saufreundlich kann doch niemand sein. Ich hab den Kerschemeyer mit 'nem Messer bedroht und wir sind auf der Flucht ... Aber Nathalie füttert uns mit Nudeln und Kippen ... Die will uns doch nur hinhalten, bis die Bullen kommen.

Vielleicht hat sie was ins Essen gemischt, um ... um ... ich weiß auch nicht. Etwas stimmt hier nicht, so nett kann keiner sein. Nicht zu ... und auch nicht zu der kleinen Nutte Shirley ... obwohl, Nutte? ... ohne Schminke sieht sie wirklich aus wie dreizehn ...

Die Nudeln schmecken viel zu sehr nach Gemüse. Aber mit 'nem Haufen Käse drauf ist es okay. Und ich hab ja Hunger. Shirley genauso, aber sie labert ohne Ende, auch mit vollem Mund.

»Hast du keinen Freund?«

»Im Moment nicht, nein ...«

»Aber, ey, du hattest schon mal einen, oder?«

»Sag mal ... für wen hältst du mich? Natürlich hatte ich schon einen! Mehr als einen, wenn du es ganz genau wissen willst ...«

»Nein ... sorry ... das war nicht so gemeint ...

Und jetzt … und jetzt … willst du keinen mehr oder wie?«

»Ja … sagen wir mal so, ich hab keine Eile. Ich komme ganz gut allein klar …«

»Ja, oder? Nur Arschlöcher, oder?«

»Wen meinst du, Shirley?«

»Na, die Typen halt …«

»Alle? Das ist vielleicht ein bisschen … Hier sitzt ja auch … ein junger Mann, und der …«

»Alle! Die denken alle immer nur …! Wollen alle immer nur … und zwar …«

»Wie kannst du das denn wissen, Shirley?«

»Ich hatte das schon öfter und du ja auch, oder?«

Nathalie sagt nichts. Hat wieder den Lehrerinnenblick drauf. Die kann wohl nicht anders. Mehr als fünf Minuten normal sein ist bei ihr nicht drin …

»Du … Sie haben ein cooles Auto …«, sage ich.

»Mmh?«

»Ihr Auto … das rote … voll cool!«

»Ah ja … danke. Sag mal, Mechaniker, könntest du dir das vorstellen?«

»Hä?«

»Automechaniker, wäre das denn nichts für dich?«

»Puh … ja, vielleicht … warum nicht?«

»Na, schau, wenn du dich nur ein bisschen zusammenreißt … aufhören würdest, ständig Mist zu bauen, dann …«

»Er kann sogar schon fahren!«

»Echt? Stimmt das?«

Da ist er wieder. Der beschissene Ich-red-mit-einem-Gehirnkrüppelton …

»Ja … geht so …«

»Was heißt hier *geht so?* Du hast gesagt … du hast versprochen, dass wir ins Phantasialand fahren! Morgen!«

Was für eine saudumme Kuh! Einfach mal so alles zu verraten … Plötzlich wird mir ganz heiß. Ich werde knallrot.

»Du hast es versprochen! Versprochen! Versprochen!« Die kleine Nutte gibt einfach nicht auf.

Und Nathalie lacht ihr Gehirnkrüppellachen … »Ins Phantasialand? Morgen? Das … ihr seid wirklich … wirklich …« Ihre Titten hüpfen hoch und runter. Sie muss sie festhalten, damit sie nicht gegen den Tisch knallen. Und Shirley, die Kuh, lacht gleich mit …

»… und mit welchem Auto wollt ihr fahren?«

»Leihst du uns deins?«

»Grandios … einfach grandios … ihr …«

»Bitte! Bitte, bitte, Nathalie!«

»Also … einfach …«

»Du kannst auch mitkommen und selbst fahren!«

»Ah ja? Vielen Dank! Wie nett von euch, aber ich muss morgen in die Schule … Schule, versteht ihr? Und ihr übrigens auch …«

»Dann fahren wir halt allein!«, sagt Shirley.

»Allein? Mit meinem Auto?«

»Ja!«

»Ja klar … und der Weg dorthin? Du kannst sicher Karten lesen, oder?«

»Du hast doch bestimmt ein Navi …«

»Ein Navi? Ja klar … erst das Auto und dann auch noch das N…«

»Wo ist dein Navi?«

»Für euch ist immer alles so einfach. Ihr wollt was und dann nehm…«

»Wo ist es?«

»Schluss jetzt! … kommt, helft mir abräumen. Ich glaube sogar, dass ich noch ein bisschen Vanilleeis übrig habe, wenn jemand …«

»Wo ist dein scheiß Navi?«

Nathalie steht auf mit einem schmutzigen Teller in der Hand. Shirley steht jetzt auch, und zwar genau vor Nathalie, einfach so, ohne irgendwas in ihren Händen. Beide sind gleich groß, aber Shirley ist halb so schwer wie Nathalie.

»Es reicht jetzt! Du nimmst deinen Teller und bringst ihn mir in die Küche!« Nathalie spricht leise und freundlich, aber auch bestimmt und klar. Ich versteh jeden einzelnen Buchstaben. So wie … weiß auch nicht, wie … ganz klar eben. Sie drückt Shirley zur Seite, sanft, ohne Hektik, ganz sanft eben. Aber halt auch … deutlich und bestimmt.

Shirley geht zurück zum Tisch und nimmt ihren Teller.

»Wo ist dein scheiß Navi, du alte Hure?«

Nathalie will sich gerade umdrehen, als der Teller auf sie einkracht. Er trifft sie seitlich, beim Ohr. Nathalie fällt nach vorne, aber nicht ganz, sie kann sich am Türrahmen festhalten. Sie steht noch, als Shirley wieder auf sie losgeht und Nathalie aufschreit.

»Alte Hure! Alte Hure!«, brüllt Shirley ohne Ende. Nathalie fällt nach hinten auf den Boden. Shirley wirft sich auf sie. »Alte Hure! Alte Hure!« Shirley packt Nathalie an ihren Haaren und schlägt ihren Hinterkopf gegen den harten Küchenboden. Immer im selben Rhythmus. »Alte Hure – alte Hure – alte Hure!«

Nathalie haut ihr eine runter. Noch ein weiterer Schlag in Shirleys Gesicht zerkratzt ihr auch gleich die Wange. Shirley fällt auf die Seite und Nathalie setzt sich mit ihrem ganzen Gewicht auf sie drauf. Sie hält Shirley an ihren Handgelenken fest und drückt sie auf den Boden. Sagt ihr, dass sie aufhören soll, endlich aufhören.

Shirley gibt aber nicht auf. Sie brüllt einfach weiter. Sie ist schon heiser, brüllt aber trotzdem weiter. Immer dasselbe. »Alte Hure! Alte Hure! Alte Hure!« Zwischen den Worten spuckt sie Nathalie ins Gesicht, versucht, sie zu beißen oder ihr eine Kopfnuss zu verpassen.

Ich greife zur Colaflasche, die große, wo eineinhalb Liter reinpassen. Ziemlich voll ist sie noch. Ich verschließe sie fest, dann verpasse ich Nathalie damit einen festen Schlag in den Nacken. Erst links, dann rechts. Sie fällt nach vorne, auf Shirley, landet voll auf Shirleys Gesicht.

Ich schlage weiter auf sie ein, rechts, links, so fest ich kann. Es macht fast keinen Krach. Ich zähle mit, verliere aber irgendwann die Übersicht. Die Cola schäumt richtig krass und am Deckel zischt es laut. Bisschen was kommt auch raus, klebt an meinen Fingern.

Rechts, links, immer auf dieselben Stellen drauf. Hinten in den Nacken und neben die Ohren. Meine Hand sticht, sie ist blutig, nicht weiter schlimm, nur zwei aufgeplatzte Blasen. Das brennt halt, sicher wegen der klebrigen Cola.

Shirley macht einfach weiter. Ah ja, Shirley, die hatte ich ganz vergessen. Konnte sich wohl irgendwie unter Nathalie rauskämpfen und hat angefangen, auf Nathalie einzutreten. Erst in die Seite, dann auch gegen den Kopf. Immerhin brüllt sie nicht mehr.

Ich bin fertig, habe Durst, schrecklichen Durst. Ich brauch eine Weile, bis ich die Colaflasche wieder aufkrieg, mit der linken Hand.

Die Cola ist inzwischen lauwarm und lahm. Shirley hört nicht auf, macht einfach weiter. Bei jedem Tritt schwabbelt Nathalies ganzer Körper, irgendwie witzig, irgendwie auch nicht. Ich weiß es nicht …

»Ist sie tot?« Shirley hat aufgehört, steht neben Nathalie.

»Tot? Nö, ich glaub nicht ...«

»Ich glaub, ich glaub ... Du glaubst immer nur! Ist sie tot oder ist sie es nicht?«

»Ich weiß nicht, aber ...«

»Und das ganze Blut? Das ganze Blut unter ihrem Gesicht? Die ist bestimmt tot ...«

»Blut heißt gar nichts. Weißt du noch, der komische Vogel im Film, im Kino? Der hat auch geblutet wie Sau, hatte aber gar nichts. Überhaupt gar nichts, klar?«

»Ja ... schon ... aber sie bewegt sich nicht. Überhaupt nicht ...«

»Ja, k. o. ist sie schon ... aber nicht tot ...«

»Müssen wir sie umdrehen?«

»Wie ... umdrehen?«

»Na, mit dem Gesicht nach oben. Dann sehen wir ja, ob sie die Augen aufhat ... ob sie atmet ...«

»Lieber nicht. Wenn man verletzt ist, soll man sich nicht bewegen. So wenig wie möglich ...«

Shirley nickt, dreht sich um und verlässt die Küche. Ich folge ihr.

Neben der Tür hängt ein Schlüssel an einem kleinen Haken, ich probier ihn aus. Es ist der von der Küche. Ich schließe ab, zweimal.

VIERZEHN

Im Wohnzimmerschrank sind Whiskey, Amaretto und sogar Wodka. Ich gönn mir einen ordentlichen Schluck, zwei. Shirley auch. Und dann wieder ich, bis die Flasche halb leer ist.

»Gehen wir jetzt?«

»Wohin?«, frage ich.

»Ins Phantasialand! Wohin sonst?«

»Ist noch zu früh. Die machen erst gegen neun oder zehn auf …«

»Was machen wir dann jetzt?«

»Ich muss mich ein bisschen ausruhen …«

»Und was ist, wenn die wach wird?«

»Das wird so schnell nicht passieren …«

»Die ist tot, oder?«, will Shirley wissen.

»Nee, ich hab nur gesagt, dass sie so schnell nicht aufwacht.«

»Und wenn doch?«

»Ist die Tür zu.«

»Ja, aber … was, wenn sie anfängt, Krach zu machen? Gegen die Tür zu hämmern? Und ihr Handy …«

»… liegt hier auf dem Tisch. Komm, wir suchen jetzt das Navi. Und du … du hast da noch ein bisschen Blut …«

Shirley fährt sich übers Gesicht. Dadurch wird es nicht besser. Das Blut ist immer noch da, aber jetzt über ihr ganzes Gesicht verschmiert.

Im Wohnzimmer ist nichts zu finden. Alle Schränke und Schubladen haben wir durchwühlt. Im Büro ist ein wahnsinniges Durcheinander ... Es ist voll mit Büchern, Aschenbechern und so, aber kein Navi. Dafür eine halbe Stange Kippen. Wir zünden uns gleich eine an, die übrigen Päckchen stecken wir ein.

Nathalie hat ein riesiges Bett. Sogar in der Breite pass ich da einmal komplett rein. Shirley lässt sich neben mich fallen und ich flieg in die Luft. Das findet sie voll komisch. Ich steh auf und spring mit zwei Füßen auf die Matratze. Hin und her. Shirley fliegt von rechts nach links, dabei quiekt sie wie ein Ferkel am Spieß. Mir wird wieder ganz warm.

Im rechten Nachttisch sind Papiertaschentücher und Pillen.

»Bestimmt Antibabypillen«, meint Shirley.

»Bestimmt«, sag ich. Und ein Navi. Und ein kleiner Fotoapparat.

»Wouah! Check das hier mal!« Shirley hat die Schublade vom linken Nachttisch aufgemacht. Jetzt hält sie eine Knarre in der Hand. Klein, silber. Und so einen schwarzer Plastikstab.

»Was ist das?«

»Eine Knarre, aber keine ganz richtige. Vielleicht nur Tränengas ...«

»Nicht das! Ich weiß doch, was eine Knarre ist! Nein, das!«

Sie rammt mir das schwarze Teil fast ins Auge. »Ah, das? Ich … ich weiß nicht …«, sagt sie. »Sieht aus wie ein Schwanz, oder?«

…

»Also ein dicker, harter Schwanz …«

»Wenn du meinst …«

»Deiner wird sicher nicht so groß …«

Ich schau Shirley an.

Sie liegt einfach so da und wedelt mit dem Plastikschwanz. Zwar weiß sie nicht, wie das Teil in ihrer Hand heißt, aber sie hat sofort geschnallt, für was es gut ist. Sie ist eben eine kleine Nutte. Und genauso lacht sie auch. Eine kleine Nutte mit Blut im Gesicht.

»Willst du vögeln?«, fragt sie.

»Wie …?«

»Was wie? Vögeln halt. Wir müssen sowieso noch warten … Wie spät ist es?«

»Äh … Viertel vor Mitternacht.«

»Und wann fahren wir los?«

»Äh … gegen sieben …«

»Sag mal, sollen wir nicht erst das Navi programmieren? Dann wissen wir, wann wir losmüssen. Es wär ganz cool, wenn wir genau dann ankommen, wenn die aufmachen. Dann ist noch kein Mensch auf den Achterbahnen. Und wir müssen nicht

Schlange stehen! Mittags sind bestimmt Tonnen von Menschen da …«

Das Navi zu programmieren, geht ziemlich einfach. Das hab ich schon mal gemacht. Um nach Nennig zu fahren, zum Beispiel. Sandra war total stolz auf mich, endlich mal. Komisch, dass ich jetzt an sie denken muss. Seit heut Mittag hab ich nicht an sie gedacht, aber sie wohl auch nicht an mich. Außer die Bullen haben sie besucht. Dann ist sie jetzt voll genervt …

Shirley kniet hinter mir. Ich spüre ihre Titten am Rücken. Da, wo ich … wo die *Dinger* wachsen. Scheint Shirley aber nicht weiter zu stören. Sie ist voll mit dem Navi beschäftigt, will unbedingt eine Männerstimme, die französisch spricht. Ich versteh Französisch nicht besonders gut, sag aber nichts. Ich denk nur an meinen Schwanz, der ganz schlaff und schrumplig ist. So schlaff, dass ich ihn kaum noch spür. Ich weiß nicht mal, ob er wirklich noch da ist. Shirley im Rücken merk ich, ja, aber meinen Schwanz nicht. Ich denk an Ruis Pornos, stell mir Shirley anstelle der Nutten vor … Überhaupt nichts passiert. Nur warm wird mir. Warm und schlecht …

»Noch eine Stunde und 52 Minuten! Dann fahren wir … äh … warte! Sag nichts! … gegen kuz nach sieben los! Nein, lieber noch ein bisschen früher! Um sieben! Nee, Viertel vor! Falls wir uns verfahren … oder Stau ist … Ist da oft Stau? … und ich muss bestimmt mal aufs Klo. Wir können ja auch mal anhalten, oder? Pinkelpause und so …«

»Ja …«

»Cool! Oh, ich bin schon ganz … Das wird sicher mega! Dann fahren wir also um Viertel … nein, komm, sagen wir halb sieben. Sicher ist sicher! Ich stell den Wecker auf sechs … Wir frühstücken ja nicht hier, oder? Ich will auf keinen Fall in die Küche! Meinst du … sie ist um sechs immer noch k. o.?«

»Ja …«

»Sie ist tot, oder?«

»Nee … nee, sicher nicht!«, sage ich.

»Und sie wird auch nicht verrecken, wenn wir sie da einfach so liegen lassen?«

»Man soll Verletzte nicht bewegen …«

»Stimmt … und wir rufen einfach den Krankenwagen, wenn wir unterwegs sind … cool! … willst du jetzt duschen gehen?«

»Wie …? Und du …? Warum?«

»Einfach so … Ich wasch mir erst mal das Blut aus dem Gesicht …«

»Ah … okay … ja, nein, ja, geh schon mal … ich komme dann nach … muss nur kurz …«

»Was willst du danach machen? Vögeln oder pennen?«

»Äh … und du?«

»Mir egal. Du musst ja fahren, ich kann jederzeit im Auto pennen … Und jetzt krieg ich eh kein Auge zu. Ich bin wahnsinnig aufgeregt wegen morgen …! Nee, ist ja nicht mal mehr morgen, sondern später schon, also eigentlich gleich! Voll cool! … nein, ernsthaft, dann guck ich halt einen Film, kein Problem …«

»Äh …«

»Weißt du, was? Ich geh jetzt ins Bad. Du sagst an, wann ich rauskommen soll. Okay? Ach und … ich nehm eine von diesen Pillen. Kann sicher nicht schaden, oder?«

Shirley geht. Die Badtür lässt sie einen Spalt offen. Auf dem Bett liegen der Dildo und die Knarre. Ich leg den Dildo zurück in die Schublade und die Waffe steck ich ein.

Ich geh zur Küche, drück mein Ohr an die Tür. Ich kann was hören. Vielleicht atmet sie noch, vielleicht ist es nur das Blut in meinem Kopf … dann wird alles ganz still.

Shirley hat die Dusche ausgemacht.

FÜNFZEHN

»Ja, ich war schon mal in Köln ... Ist auch okay, drüber zu reden ... also mit dir, ja ... nicht mit Nat... mit der Steines oder so ... mit dir ist es okay ... du hast mir ja gezeigt, wo deine Mutter gestorben ist und so. Es ist nur ... ich weiß nicht so richtig, was da abgegangen ist, in Köln. Johnny weiß es viel besser. Er hat es mir erzählt ... er kann es dir ganz genau erzählen ... Er ist aber gerade nicht da ... schon paar Tage ist er weg ... Vielleicht ganz gut so ... wir kommen ja auch allein klar ... Johnny ist zwar mein bester Freund, aber er kann einem schon mal ordentlich auf den Sack gehen. Was der immer alles so erzählt ... ich weiß nicht ... aber ... also Köln: Da war ich, als ich zwei oder drei Jahre alt war. Für acht Monate, genau acht. Vom siebten Juni bis zum siebten Januar. So steht es auf den Papieren vom Gericht, die ich zufällig bei San... bei meiner Mutter auf dem Nachttisch gefunden hab. Ich hab nach Kippen gesucht und die Papiere gefunden ... Das meiste war so kompliziert französisch geschrieben, aber die Daten hab ich kapiert ... Am siebten Juni hat meine Mutter mich nach Köln gebracht ... am sechsundzwanzigsten September hat sie Anzeige bei den Bullen erstattet ... hier in Luxemburg ... und am siebten Januar hat sie mich dann zurückgeholt … Ich hab nie gefragt, warum sie mich hingefahren hat … auch nicht, warum sie mehr als drei Monate gebraucht hat, um mich zurückzuholen … Das heb ich mir auf, für dieses eine Mal, wenn ich so richtig pissig auf sie bin. Wenn sie mir so richtig auf den Sack geht, verstehst du? Dann knall ich ihr das an den Schädel! *Und was war damals in Köln? Hä? Warum hast du drei Monate gebraucht, bevor du was gemacht hast, hä? Warum hast du mich überhaupt hingebracht, hä?* … bis jetzt hab ich es noch nie gemacht. Dabei war ich schon oft wütend auf sie. Aber … ich weiß auch nicht. Vielleicht, na ja, ich kenn die Antwort ja eh … Ich meine, was ist denn von Juni bis September? Richtig, Sommerferien. Meine Mutter hatte wohl Bock auf Urlaub. Bestimmt hat sie wieder irgendwo einen Typen aufgegabelt, der sie den ganzen Sommer durchgenommen hat. Und meine Oma … also die kannst du wirklich total vergessen … Und deswegen hat sie mich eben nach Köln gebracht. Zu meinem … Erzeuger, wie sie ihn nennt. Kein Witz! Sie redet fast nie von ihm und wenn sie es doch tut, sagt sie *dein Erzeuger.* Und hängt meistens noch ein *das Arschloch* dran. *Dein Erzeuger, das Arschloch.* Sie hat sicher recht, aber sie ist auch nicht besser, sonst hätte sie es nicht mit einem derartigen Arschloch getrieben. Und ich bin die Scheiße, die dabei rausgekommen ist. Sie sagt nie Scheiße. Sie sagt *Unfall.* Dann war ich in Köln. Bei ... ich weiß nicht mal, wie er heißt. Das wollte sie mir nie sagen. Vielleicht hat es auf den Papieren vom Gericht gestanden, aber ich kann mich nicht erinnern ... Johnny sagt, er heißt Detlef. Dass er gehört hat, dass man damals so nach ihm gerufen hat. Ich ... äh ... ich find das ... Also würde es nicht von Johnny kommen, würde ich es nicht glauben ... Aber alles, was ich über Köln weiß, weiß ich von Johnny. Also ... das erste Mal sind wir uns in Detlefs Wohnung begegnet. Er hatte eine kleine Wohnung in einem riesigen Haus, voll mit kleinen Wohnungen. Das waren bestimmt so fünfzehn Stockwerke. Es war nachts oder abends, auf jeden Fall wars dunkel. Vielleicht waren auch nur die Rollläden unten, das waren sie nämlich immer, wenn Detlef nicht da war. Und er war oft nicht da, abends fast nie. Manchmal auch einen ganzen Tag oder sogar zwei ... Dann hab ich Tonnen an Chips und Kinderschokolade gekriegt. Detlef hat ein paar Tüten mit dem Zeug aufgemacht und alles in eine große Schüssel gekippt. Er hat bei jedem einzelnen Schokoriegel die Verpackung abgemacht. Cola gab es auch, ich hatte zwei von diesen Kinderbechern. Die, die nicht umfallen können, weißt du? Die sich von selbst wieder aufrichten. Oben haben die so einen Deckel mit Schnabel, damit man trinken kann ... Zwei solche Becher, voll mit Cola. Das alles hat er mir in den Laufstall gepackt und sich aus dem

Staub gemacht. Ach ja, und eine Windel hat er mir auch angezogen. Und so einen Ledergürtel um den Fuß, der auf der anderen Seite an einem Heizungsrohr befestigt war. So konnte ich nicht aus dem Laufstall fallen. Das ist angeblich schon mal vorgekommen, ja … Und dann hab ich da gesessen. Im Dunkeln, also, nicht ganz dunkel, ein kleines Licht war immer an, ein Pikachu. Du weißt, was ein Pikachu ist, oder? Und dann hab ich halt Chips und Cola gefressen und gesoffen. Und den Rest, der da verteilt rumlag. Und ich hab geheult, aber nie viel und nie lang. Und auch nicht laut, weil es hat sich nie jemand von den Nachbarn beschwert. Ja, und irgendwann ist dann die Windel übergelaufen. Also, wenn mein … der Detlef … länger unterwegs war. Manchmal hab ich sie auch selbst ausgezogen und mit der Scheiße das Gitter vom Laufstall beschmiert. Gitterstab für Gitterstab, schön der Reihe nach, dann auch die Heizungsrohre. So behauptet es Johnny jedenfalls. Detlef war nicht sehr erfreut, aber aufs Maul hab ich nicht bekommen. Er hat mich losgebunden, mich in die Wanne gepackt und mich ziemlich kalt abgeduscht. Manchmal auch zu heiß. Also … weißt du … erst das Wasser einlaufen lassen, dann testen, ob es zu heiß ist – diese ganze Scheiße hat er nie gemacht. Aber geschlagen hat er mich auch nicht, sagt Johnny. Nicht wie Sandra, meine Mutter, von der ich öfter mal ein paar Schellen gekriegt hab. Na ja, bis zu dem Tag, an dem ich zurückgeschlagen hab. Seitdem brüllt sie mich nur noch an ... Aber ich will dir ja eigentlich von Johnny erzählen. Also der ... der Detlef war weg, schon lang. Ich hab das ganze Zeug gemacht, das ich dir grad erzählt hab. Also die übliche Scheiße ... aber dieses Mal hab ich es geschafft, mich an den Gitterstangen hochzuziehen. Ich weiß auch nicht, wie ich das hingekriegt hab ... vielleicht war der Gürtel länger als sonst oder Detlev hat dieses Holzgitterding anders hingestellt ... Jedenfalls bin ich bis ganz nach oben gekommen. Mit dem Bauch hab ich obendrauf gelegen und hin- und hergeschaukelt, bis ich mein Gleichgewicht verloren hab ... Ich bin aber nicht voll mit dem Kopf gegen den Boden gekracht, da war ja der Gürtel am Fuß. Ich hing also kopfüber, etwa dreißig Zentimeter über den Fliesen ... Es hat nicht gereicht, um mit den Händen den Boden zu berühren, und ich hab angefangen zu brüllen, hatte Angst und Schmerzen. Dann hab ich gekotzt und das Bewusstsein verloren. Irgendwann bin ich wieder aufgewacht, weil etwas an meinem rechten Bein gezogen hat. Da, wo auch dar Gürtel befestigt war. Das hat so dermaßen fest an mir gezogen, dass ich wieder zu mir gekommen bin. Ich hab versucht, mich an den Stäben hochzudrücken, aber die waren so rutschig, voll mit Scheiße und so. Aber es hat nicht aufgehört, an meinem Bein zu ziehen. Als wär mein Bein megaschwer geworden oder so. So schwer, dass es mich wie von selbst zurück in den Laufstall gezogen hat. Versteht du? Allein durch das Gewicht … Ich hab es also noch mal versucht … und bin zurück in dieses Ding gekracht. Voll auf den Rücken und weg war ich wieder. Und als ich dieses Mal wieder wach geworden bin, saß er da. Johnny. Genau gegenüber von mir, in der anderen Ecke vom Laufstall. Voll beschäftigt mit meinen Spielsachen. Ein Bus, ein kleiner blauer Bus. Der ganze Dreck, in dem wir gesessen haben, das hat ihn nicht gestört. Es hat ein bisschen gedauert, bis er den Bus zur Seite gelegt und mich angeschaut hat. Er war so alt wie ich, bisschen älter, bisschen größer und auch ein bisschen … er war einfach in allem ein bisschen mehr als ich, dieser Johnny. Und er hat gegrinst, schon damals, das coole Grinsen, das er auch heut noch hat … so bisschen frech, aber nicht zu viel … genau richtig, um allen Leuten auf den Sack zu gehen. Aber keiner traut sich, was dagegen zu sagen … Das Johnny-Grinsen halt, du weißt ja … und … das ist eigentlich alles. Also alles, was damals passiert ist. Er hat nichts gesagt. Ich auch nicht. Wir haben nur dagesessen und uns gegenseitig angeschaut … seitdem besucht er mich fast jeden Tag … mindestens ein paar Mal die Woche … Der Rest kam dann nach und nach … also miteinander reden, mein ich, dass sein Name Johnny ist und dass er es war, der an meinem Bein gezogen hat. Er erzählt mir alles ... über Sandra, also meine Mutter – Johnny nennt sie Sandra –, ich soll sie auch so nennen, sagt er ... Ich mach es meistens, wenn er dabei ist ... aber ich schaff es nicht immer ... er hat mir auch gesagt, dass das, was da in meinem Rücken ist ...«

»Ich muss pissen ...«

»Guten Morgen ...«

»Morgen. Ich muss pissen. Hab ich lang gepennt?«

»'ne Stunde oder so ...«

»Ist es noch weit?«

»Es geht ...«

»Was heißt denn, *es geht?*«

»Noch so 'ne knappe Stunde ...«

»Das schaff ich nicht!«

»Ich halt gleich an ...«

»Aber da, wo ein sauberes Klo ist!«

»... wo auch eine Tanke ist. Da sind die Klos immer sauber ...«

Shirley zündet zwei Kippen an. Ohne mich zu fragen. Das find ich süß. Ich möcht ihr das auch sagen, aber klappt irgendwie nicht. Vielleicht, weil Shirley so nervös ist. Sie macht die Anlage an, zappt immer zwischen Radio und CD hin und her, macht dann wieder alles aus. Sie zündet sich eine zweite Kippe an. Dieses Mal krieg ich keine ...

»Sie ist tot, oder?«, fragt Shirley.

»Nein! Das hab ich dir schon gesagt ...«

»Du weißt überhaupt nichts! Du weißt nicht, was tot ist! Du …«

»Warum fragst du mich dann?«

…

»Warum willst du das überhaupt wissen?«

»Was?«

»Na, ob sie tot ist?«

»Weil!«

»Weil was? Hast du Mitleid?«

»Mitleid? Sie hat doch angefangen! Ich hab sie einfach nett nach dem Navi gefragt. Du hast es doch selbst gehört! Aber die wollte einfach nicht! Und dann … dann … was dann passiert ist, ist echt ihre eigene Schuld! Ihre Schuld ganz allein! Okay, du hättest vielleicht nicht ganz so fest draufhauen müssen … Aber … es war ihre Schuld, richtig?«

»Ja, aber, warum …?«

»Weil ich nicht nach Schrassig will … und … wenn sie nicht tot ist, könnte man vielleicht mal mit ihr reden … sich entschuldigen und das ganze Programm … dann sind die vielleicht nicht so streng … Soll ich sie mal anrufen? Dann hören wir ja … wie es ihr geht.«

»Und wenn keiner rangeht?«

»Rufen wir einen Krankenwagen …«

»Damit die Bullen gleich Bescheid wissen?«

»Ja, aber … oh, was für ein Scheiß!«

Shirley sagt nichts mehr. Wir halten an einem

Rasthof. Alles voller Lastwagen. So viele davon, dass ich die Tanke fast nicht finde. Kein Mensch ist zu sehen. Ich park das Auto etwas weiter weg, fahr rückwärts auf den Parkplatz. Shirley sagt nichts. Sie hat noch kein einziges Mal gesagt, dass ich gut Auto fahr oder so. Aber ich fahr wirklich gut, überhaupt kein Problem. Ich hätte auch mit 200 Sachen fahren können, ist in Deutschland erlaubt. Aber ich will ja nicht auffallen …

»Kommst du mit?«, fragt Shirley.

»Ich muss nich …«

»Also kommst du nicht?«

»Ich glaub, dass es besser ist, wenn ich beim Auto bleib …«

»Aber du wartest?«

»Natürlich wart ich! Wir fahren doch ins Phantasialand …«

»Okay. Ich mach schnell!«

Nächste Kippe. Ich bin nicht mal auf die Idee gekommen, Shirley einfach so zurückzulassen. Davor schon, ja, … eine von Johnnys Ideen … aber jetzt eben nicht.

Shirley ist wirklich schnell wieder zurück und plötzlich ganz anders drauf, so voll auf Speed irgendwie. Überhaupt nicht mehr mies gelaunt. »Phantasialand!«, brüllt sie. »Fahr! Fahr!« Sie lacht.

»Ich hab ihr zehn Euro gegeben!«, sagt Shirley.

»Was? Wem …?«

»Der Klofrau! Die, die da putzt. 50 Cent wollte sie. Hab aber kein Kleingeld gehabt und da hab ich ihr den Schein dagelassen …«

»Du bist verrückt! Was …?«

»Blabla! Scheiß drauf! Die haben eh der Steines gehört … und wir haben mehr als genug … Das hauen wir alles im Phantasialand raus … Phantasialand! Und du, bleib mal cool … Du bist cool! So cool!«, Shirley legt ihre Hand auf mein Bein, ziemlich weit oben. Sofort wird mir wieder warm.

»War cool gestern Abend, oder?«, fragt sie.

»W…? Ja, ja … voll cool!«

»Ehrlich?«

»Ja … klar. Warum fragst du?«

»Einfach so …«

…

»Wars dein erstes Mal?«

»Wa…? Bullshit!«, sage ich.

»Frag ja nur … wie oft hast du denn schon?«

»Was meinst …? Ich weiß nicht. Ich zähl ja nicht … ja, so ähm, vielleicht zwanzigmal …«

»So oft? Wuh …«

»Glaubst du mir nicht?«

»Doch! Total! Du bist cool … Also ich bin jetzt so bei acht …«

»Achtmal …«

»… davon sechsmal cool …«

»Und die beiden anderen?«

»Da … da wollt ich eigentlich nicht … aber das war dann … okay … aber nicht cool. Mit dir wars cool!«

»Ein bisschen … vielleicht ein bisschen kurz …«, sage ich.

»Das war voll okay für mich …«

»… ich war ja ziemlich müde … und dann die Steines …«

»Ist okay, sag ich doch. Es war cool. Ernsthaft! Mit dir vögeln ist cool …«

»Cool?«

»Megacool! Zufrieden?«

SECHZEHN

Wir sind über eine halbe Stunde zu früh dran, aber nicht die Ersten. Ein paar Autos stehen schon da und auch ein Bus mit Kindern, so fünfte, sechste Klasse. Die Jungs spielen Fußball, die Mädels schauen zu und gackern blöd. Lehrerinnen sind auch da und schon genervt. Eine schimpft mit den Jungs, auf Deutsch, glaub ich. Ich hör sie nicht.

Wir bleiben lieber im Auto, um in Ruhe zu rauchen … und nicht aufzufallen. Shirley hält schon ziemlich lang den Mund. Seit der Sache mit … mit dem, was gestern Abend war. Sie glaubt mir wohl nicht. Dass ich es schon zwanzigmal getrieben hab. Oder dass es cool war. Oder sie glaubt beides nicht. Dann ist es halt so. So cool wars auch gar nicht. Also überhaupt nicht so wie im Internet. Da dauert das immer … was? … eine Viertelstunde … mindestens eine Viertelstunde! … und da stöhnen die Nutten auch ordentlich …

Gestern war alles nach zwei Minuten vorbei. Und niemand hat was gesagt … Na ja, also nicht viel.

»Wars schön?«, hat Shirley gefragt.

»Ja …«, hab ich gesagt.

Shirley pennt schon wieder. Jede Minute, in der nichts abgeht, pennt sie! Das nervt, aber irgendwie ist es auch cool. Immer, wenn ihr nicht danach ist, klinkt sie sich einfach aus …

Noch zwei Busse kommen. Ich hab aufgehört, die Autos zu zählen. Bald geht's los … Mein Rücken juckt schon wieder wie verrückt. Nicht dauernd, aber jetzt wieder voll viel und eigentlich immer nur dann, wenn ich allein bin … also allein mit mir … mit meinen Gedanken … Da drückt dann was hinten durchs T-Shirt. Durch den Pulli, die Jacke, sogar durch den Autositz.

Ich kapier Shirley nicht. Das kann ihr doch nicht egal sein … Obwohl … Nathalie hat ja auch nichts gesagt, sie hat nicht die Polizei angerufen, das hat sie versprochen … jetzt ist das auch egal, sie ist ja sowieso … oder?

Ich nehm mein Handy aus der Tasche. Es ist aus, wegen der Bullen. Wenn ich es anmach, wissen sie gleich, wo wir sind. Vielleicht auch nicht. Ich könnt es nur ganz kurz anmachen … nur um zu sehen, ob jemand angerufen hat … eine Nachricht geschickt …

Ich mach es an. Dauert ein bisschen, bis es Netz hat … und … drei verpasste Anrufe, zweimal meine Mutter. Und eine Nummer, die nicht angezeigt wird. Wahrscheinlich die Bullen … Und eine Nachricht von meiner Mutter. Ich soll zurückrufen, sonst nichts. Nur: »Ruf an!«

Ich mach das Teil schnell wieder aus. Wir sind doch eh allen scheißegal … fast scheißegal. Die

Bullen suchen ein bisschen, weil sie müssen und … Sandra auch. Sie glaubt, dass eine Mutter das so tun muss, weil sie glaubt, dass sie eine Mutter ist. Dass sie meine Mutter ist …

»Geht's jetzt los?«

»In zwei Minuten. Wie machst du das?«

»Was?«

»Genau dann aufwachen, wenn der richtige Moment ist …«

»Was? Kapier ich nicht … Gehen wir?«

»Okay …«

»Phantasialand! Phantasialand!«

Sie will einfach nicht aufhören. Sie hört nicht mit Brüllen auf. Ich hab Schiss, dass wir auffallen, aber nichts da. An den Kassen sind Tonnen von Menschen unterwegs. Kinder und junge Leute wie wir. Und alle sind super aufgeregt, machen 'ne Menge Krach. Die paar Erwachsenen schauen uns nicht mal an … oder doch, aber nur kurz. Als sie kapieren, dass wir nicht zu ihrer Gruppe gehören, sind sie erleichtert und vergessen uns sofort wieder.

Drinnen ist es noch einfacher. Die Kleinen watscheln mit ihren Lehrerinnen im Gänsemarsch von Attraktion zu Attraktion. Aber nicht die Großen, denen hat man nur ein paar Benimmregeln eingebläut und dann dürfen sie tun und lassen, worauf sie Bock haben. Genau wie wir.

»Erst alle Achterbahnen. Da sind am meisten Leute. Und wenn die Schlange nicht zu lang ist, fahren wir gleich ein paar Mal. Dann haben wir das schon mal abgehakt, das kann uns dann keiner mehr wegnehmen.« Shirley rennt vor, schaut nicht zurück, um zu sehen, ob ich noch da bin. Ich lauf ihr hinterher. Wir machen es genau so, wie sie gesagt hat. Ohne eine Kippe zwischendurch, ohne zu pissen.

Die *Black Mamba* gefällt Shirley am besten. Weil da die Füße unten rausbaumeln und weil das Ding sich viermal überschlägt. Während der ganzen Fahrt kreischt sie, so laut sie kann. Sie läuft rot an, ja, sogar blau. Aber sie kreischt einfach weiter. Siebenmal fahren wir mit der *Black Mamba,* siebenmal hintereinander. In der Schlange schummeln wir uns einfach nach vorne. Ein paar Alte meckern, wahrscheinlich Lehrer, ist uns aber scheißegal.

»Das ist echt wie fliegen«, sagt Shirley. Ich find nicht, sag aber Ja. Um Shirley einen Gefallen zu tun. Sie sieht glücklich aus.

Dann gehen wir aufs *Colorado Adventure.* So ein Minizug wie der aus einer echten Goldmine. Der überschlägt sich zwar nicht, rast aber megaschnell einen megasteilen Berg runter.

»Hinten! Ganz hinten! Ganz hinten müssen wir sitzen! Da heben wir richtig ab!«

Keine Ahnung, woher Shirley das alles weiß. Sie war doch noch nie hier. Der Zug wird den Berg hochgezogen. Shirley drückt sich ganz fest an mich. »Das ist so cool!«, sagt sie. Das hat sie heut bestimmt schon hundertmal gesagt, noch öfter, ja, seit gestern ist alles *cool.* Seit wir … Sie ist nicht tot, sicher nicht.

»Ohne Hände! Ohne Hände! Festhalten ist was für Loser!« Shirley streckt die Arme hoch in die Luft und schreit ganz laut. Genau in dem Moment, als der Wagen nach vorne kippt. Ich lass los. Mein Hintern löst sich vom Sitz. Meine Beine werden gegen die Stange gepresst, anders würden wir rausfallen.

In meinem Rücken drückt es immer mehr, dann reißt was. Nein, alles. Alles reißt auf. Ich kann sie sehen, aber nur aus dem Augenwinkel. Groß, riesig und schneeweiß. Sie schlagen gleichmäßig. Sie reißen mich aus dem Sitz, aus dem Wagen. Noch ein, zwei Schläge, schon bricht die Stange, die uns festhält, und ich fliege. Wir fliegen zusammen, groß und stark … sie halten uns beide …

Ich falle zurück in den Sitz, werde noch ein paar Mal nach links und rechts gewirbelt. Dann bleiben wir stehen.

»Cool, was? Komm schnell! Noch mal!«

»Mir ist ein bisschen schlecht …«

»Du Tussi, ey! Komm! Komm schon!«

So schlecht ist mir auch wieder nicht, nur ein bisschen mulmig. Dieses Mal heb ich auch nicht die Arme. Ich häng im Sitz wie so ’n Sandsack. Mir läuft was am Rücken runter. Warm und klebrig …

»Ich hab da was … am Rücken …«

»Schon wieder! Zeig mal … Zieh die Jacke aus …« Shirley ist genervt. Oder hat es einfach nur eilig. Sie fährt mit der Hand unter mein T-Shirt. »Nur bisschen Blut …« Sie wischt ihre Hände an meiner Hose sauber. »Nichts Schlimmes. Das kommt von diesen Krusten … Gehen wir zur Wildwasserbahn? Oder wir können was essen, wenn du willst …«

Gleich bei der ersten Bude bleiben wir stehen.

»Oh, wie cool! Kauf mir so eins!«

Lebkuchenherzen mit Sprüchen drauf.

Mein Herz gehört dir

Danke!

Zuckermaus

Ich liebe dich

Für immer deins

Nur so was. Mir geht's nicht so gut. Und die beiden Typen da drüben …

»Komm schon! Wir sind dran!«

»Ja … welches willst du?«

»Nee! Du musst es aussuchen!«

»Ah … äh … das da …«

»Soll ich dir auch eins holen?«

»Äh … nein. Ich will einen Burger …«

»… und zwei Cola! Bitte!«

Ich bezahl. *Zuckermaus.* Mehr hab ich mich nicht getraut. Wir sitzen auf einer Bank. Shirley isst das Herz, systematisch. Erst den Rand und dann immer so im Kreis. Der Hamburger schmeckt nicht besonders, ich schmeiß die Hälfte in den Müll.

Die Typen sind auch wieder weg, zwei Securitymänner, mit Sonnenbrillen und Walkie-Talkie, das dauernd so komische Geräusche macht. Wir sind denen schon oft über den Weg gelaufen, sehr oft eigentlich. Sie schauen uns immer so an. Okay, die schauen jeden an, aber uns immer ein bisschen länger. Und wenn sie weiterlaufen, sagen sie irgendwas in ihr Walkie-Talkie. Jetzt eben, bei der Imbissbude, haben sie genau hinter uns gestanden. Das hat mich total nervös gemacht.

Hätte ich bloß das scheiß Handy nicht angemacht …

»Geht's?«, fragt Shirley.

»Ja … ja.«

»Willst du 'n Stück von meinem Herzen?«

»Wa…? Nee, danke …«

»Dir geht's doch aber wieder besser, oder?«

»Ja, ja. Alles klar!«

»Cool hier, was?«

»Ja. Mega!«

»Gehen wir jetzt zu der Wildwasserbahn?«

»Ja. Klar …«

Vielleicht ist es auch nur wegen Shirley, dass die Typen länger schauen. Die ist so durchgeknallt …

Ich lass die Hand in meine Jackentasche gleiten. Die Knarre, klein und silber.

Ich hatte sie schon fast vergessen. Aber nur fast, sonst hätte ich sie ja im Auto gelassen …

Vor der Wildwasserbahn werden wir erwartet … oder auch nicht. Sie sind jedenfalls da, die beiden Typen. Und nicht nur die.

Ich seh noch zwei von der Sorte. Ein großer Schwarzer und eine Tussi. Baseballcaps, Sonnenbrillen und Walkie-Talkies. Sie reden miteinander, sind ganz aufgeregt. Die Tussi gestikuliert wild rum und zeigt auf uns. Also auf die Warteschlange vor der Wildwasserbahn.

Shirley will wieder drängeln, aber ich halt sie fest. Sie meckert nicht, gibt mir nur einen fetten Kuss, voll auf den Mund. Ihre Zunge drückt sich durch meine Zähne. Bestimmt hat sie gedacht, das wär der Grund, warum ich sie festgehalten hab …

Ich sag nichts, lach nur bisschen dumm. Shirley lacht auch, aber viel echter. Richtig glücklich. Vielleicht sollte ich ihr etwas sagen, aber ich weiß nicht, was … und nicht, wie.

Shirley findet die Wildwasserbahn cool. Megacool! Obwohl wir erst seit ein paar Sekunden drinsitzen, in so einem Plastikbaumstamm, und gerade nur hochgezogen werden.

Shirley lässt sich ganz gegen mich rutschen und drückt meine Arme fest um sich rum. Die Kante von meinem Sitz bohrt sich in meinen Rücken. Ich blute immer noch, glaub ich.

Von oben sieht man auf den Parkplatz. Ich seh unser Auto, also das von Nathalie.

Nicht tot, bestimmt nicht tot …

Und ich seh nicht weit davon entfernt ein Polizeiauto. Ein deutsches Polizeiauto, silbrig weiß und blau, also vielleicht. Ich bin nicht ganz …

»Ohne Hände! Ohne Hände! Wouaaaaahhhh!«

SIEBZEHN

Ich drück Shirley ganz fest und sie mich auch. Sie hat die Augen geschlossen, ich auch. Deswegen kann ich ja nicht sehen, ob sie die Augen geschlossen hat oder nicht, aber ich bin mir sicher. Wir haben alle beide die Augen zu und drücken uns ganz fest. Um uns rum nur Luft, viel warme Luft und Megakrach. Sonst nichts und niemand.

Sie sind draußen geblieben, die vier von der Security. Sie haben da gewartet, wo unser Baumstamm angekommen ist, haben uns beobachtet, als wir ausgestiegen sind.

Dieses Mal bin ich sicher, weil sie nur uns angeschaut haben!

Wir sind ziemlich nass. Also laufen wir in eine Kabine mit einem gigantischen Föhn, schmeißen zwei Euro rein und werden getrocknet. Shirley tut so, als würde sie wegfliegen. In meine Arme kommt sie geflogen. Also, sie tut nur so. Und ich halt sie fest, ganz fest, und die Augen zu …

Jetzt sind nur noch zwei da. Der Schwarze und die Frau. Sie schauen uns nicht an. Sie schauen Richtung Eingang, warten wohl auf ihre Kollegen … oder die Bullen …

»Und jetzt zur Geisterbahn! So cool! Das ist die

längste unterirdische Geisterbahn der Welt! Hast du das gewusst?«

»Hä? Äh … nein.«

»Die längste der Welt! Megacool!«

…

»Geht's bei dir noch?«, fragt Shirley.

»Doch, doch …«, sage ich.

»Ist dir immer noch schlecht?«

»Ich … nein. Nee, gar nicht mehr …«

»Ah … ich weiß! Du hast Schiss …«, sagt Shirley.

»Schiss? Wie …?«

»Du hast Schiss vor Geistern!«

»Geister? Welche …?«

»Na, die von der Geisterbahn, du Spacko!«

»Ah … haha. Toller Witz …«, sage ich.

»Du stehst mega auf der Leitung, was?«

»Ja … ich …«

»Du bist cool, weißt du?«

»Äh …«

»Komm jetzt!«

Vor der Geisterbahn ist die Warteschlange am längsten und nach vorne mogeln klappt auch nicht. Ich hab irgendwie kein Bock mehr. Shirley wird nicht mal wütend. Sie schaut sich die Geisterpuppen an. Die hängen überall, Chinesen mit leuchtenden Augen und so. Und Nebel, der aus dem Mond kommt. Nur so 'n Zeug. Schiss haben braucht man da definitiv nicht, Shirley hat auch keinen. Sie zeigt mit dem Finger auf die verschiedenen Gestalten.

»Der sieht doch aus wie der Kerschemeyer, oder? Schau mal! Das ist die verfickte Molitor! Da! Schau da! Die mit den Megatitten! Das ist doch …«

Ich schau in die andere Richtung, hinter mich. Da stehen sie, zwei Bullen mit ihren weißen Hüten. Sie drücken sich durch die Menge, aber niemand meckert. Dann bleiben sie stehen, etwa zwei Meter hinter mir. Sie haben sicher kapiert, dass ich sie gesehen hab. Sie schauen mich nicht an, gar nicht, aber sie haben es bestimmt trotzdem gemerkt.

»Ich muss schon wieder pissen! Wartest du hier?«, fragt Shirley.

»Hey, ich …«

»Was? Musst du auch? Komm schon … von hier aus ist es nur noch eine Viertelstunde. Bleib hier, sonst müssen wir wieder eine ganze Stunde warten. Ich krieg mich da durchgedrückt, bin gleich wieder da!« Shirley läuft los, bleibt genau vor den Bullen stehen. Genau vor ihnen. Dreht sich zu mir um.

»Du wirst dir doch jetzt nicht vor Angst in die Hose pissen, oder?«, lacht sie und winkt mir zu. Es war nicht böse gemeint, nur ein Witz. Auch andere Leute lachen. Und die Bullen. Also vielleicht, ein bisschen. Ich lach auch und wink zurück.

Und?

»Johnny …?«

… Chicago. Mein Name ist Johnny Chicago, du Arsch!

»Was …?«

Und?, hab ich gesagt. Pisst du dir jetzt vor Angst in die Hose?

»Ich … ich weiß nicht.«

Das sehen wir dann, du kannst es nicht verstecken …

»Wo …?«

Wo was?

»Wo sind die Bullen?«

Dreh dich um, dann siehst du sie.

»Nee … sag dus mir …«

Aha … vertraust du mir wieder?

»Du bist …«

… Johnny Chicago!

»… mein Freund.«

Dein einziger Freund! … sie sind weg. Deiner Nutte hinterher …

»Meinst du?«

Klar! Und beim Ausgang warten sie auf dich.

»Meinst du?«

Meinst du? Meinst du? Du bist so ein Arsch! Du hast doch immer noch die Knarre …

»Es ist nur …«

… eine Spielzeugpistole, ich weiß, macht aber nix. Wenn du ankommst, zückst du sie … und richtest sie auf die Bullen. Und dann brüllst du ganz laut: *Ihr verfickten Wichser!* … oder so was Ähnliches …

»Und dann …?«

Das wirst du schon sehen …

»Tut es … weh?«

Ein bisschen … aber nicht lang. Also, wenn du Glück hast …

»Kann … kann ich nicht … zurück?«

Bist du verrückt? Hast du die Warteschlange gesehen? Und der nächste Wagen ist deiner! Nein, es ist sogar noch Platz in dem hier! Da, ganz hinten. Steig schnell ein! Wie cool ist das denn, was?

»Und … und du?«

Nee! Ist nicht mein Ding! Ich wart beim Ausgang. Und vergiss nicht: die längste Geisterbahn der Welt! Ohne Hände! Ohne Hände! Wouaaahhh!

»Alles, was ich sage, ist wahr, aber ich sage nicht alles …«

Arthur Keelt
übersetzt aus dem Luxemburgischen
von Luc Spada

June Perry

LifeHack
Dein Leben gehört mir

Ada ist neu an Ellies Schule. Ellie findet es geradezu unheimlich, wie ähnlich sie sich sehen. Fast so, als würde Ellie sich selbst gegenüberstehen. Ada ist so cool und mutig, wie sie es selbst gern wäre ... und da beginnt Ellies Albtraum. Denn Ada ist eine Künstliche Intelligenz und sie ist gekommen, um wie Ellie zu werden – sogar besser als sie. Ada, Ellies optimierte Version, spannt ihr nicht nur ihren Schwarm Parker aus. Sie verfolgt bald nur ein einziges Ziel: Sie will fühlen, was Ellie fühlt. Sie will sein, was Ellie ist. Sie will Ellies Leben übernehmen!

Arena

Auch als E-Book erhältlich

368 Seiten • Arena Taschenbuch
ISBN 978-3-401-51203-7
www.arena-verlag.de

Juliane Breinl

Graue Wolken im Kopf

Ausgerechnet die Party zu ihrem sechzehnten Geburtstag stürzt Tiziana in eine heftige Krise. Sie verändert sich komplett, zieht sich vor ihren Freunden zurück, kommt nicht mehr zur Schule und verliert das Interesse an allem. Ihre beste Freundin Vivian fragt sich, ob Tiziana Drogen nimmt. Neuerdings hängt sie viel mit dem seltsamen Punker Louis rum. Dass Tiziana die Symptome einer Depression zeigt, bemerkt zunächst keiner. Ausgerechnet Louis ist es, der die Zeichen richtig deutet. Aber kann er Tiziana auch helfen? Nicht nur ihr Schulabschluss steht auf dem Spiel …